아
모
르
파
티

작사가 이건우의 마음 작품집

아모르파티

Amor Fati

이건우 지음

보누스

많은 사람이 사십여 년간 만든 노랫말 중에서
본인이 생각하는 최고의 작품이 무엇이냐고 물어본다.
나는 그때마다 이렇게 대답한다.

아직 안 나왔어요.
오늘 밤에 써보려고요.

차 례

나이는 숫자 마음이 진짜
가슴이 뛰는 대로 하면 돼

아모르파티

산다는 게 다 그런 거지
누구나 빈손으로 와
소설 같은 한 편의 얘기들을
세상에 뿌리며 살지

자신에게 실망하지 마
모든 걸 잘할 순 없어
오늘보다 더 나은 내일이면 돼
인생은 지금이야

아모르파티
아모르파티

인생이란 붓을 들고서 무엇을 그려야 할지
고민하고 방황하던 시간이 없다면 거짓말이지
말해 뭐해 쏜 화살처럼 사랑도 지나갔지만
그 추억들 눈이 부시면서도 슬펐던 행복이야

나이는 숫자 마음이 진짜
가슴이 뛰는 대로 가면 돼

이제는 더 이상 슬픔이여 안녕
왔다 갈 한 번의 인생아
연애는 필수 결혼은 선택
가슴이 뛰는 대로 가면 돼
눈물은 이별의 거품일 뿐이야
다가올 사랑 두렵지 않아

아모르파티
아모르파티

1980년대는 〈종이학〉〈파초〉〈고니〉 등 포크 음악을, 1990
년대는 〈날개 잃은 천사〉〈스피드〉〈미녀와 야수〉 등 댄스
음악의 노랫말을 많이 썼다. 2000년대 들어서서는 작사의
영역에 대해 고민하며 〈비원〉〈여정〉 등 여러 장르의 노래
를 두루 작업했다. 2010년대에는 〈사랑은 아무나 하나〉〈있
을 때 잘해〉 등을 발표하며 트로트의 매력에 흠뻑 빠졌다.

　　니체의 'Amor Fati'(자신의 운명을 사랑하라)에 딱 들어맞
는 가수가 김연자다. 주변을 따뜻하게 챙기는 최고의 가수
김연자와 함께할 수 있었던 건 행운이다. 이 앨범을 프로
듀싱하고 작사에 많은 도움을 준 신철에게도 고맙다는 인
사를 빼놓을 수 없다. 앞으로의 작사 인생은 어떤 빛깔로
다가올 것인가 스스로 물을 때가 많다. 그래, 오늘보다 더
나은 내일이면 돼. 인생은 지금이야. 아모르파티!

윤일상 작곡, 김연자 노래, 2013년

종이학

나
너를 알고
사랑을 알고

종이학
슬픈 꿈을
알게 되었네

어느 날
나의 손에 주었던
키 작은 종이학 한 마리

천 번을 접어야만 학이 되는 사연을
나에게 전해주며 울먹이던 너

못다 했던
우리들의 사랑 노래가
외로운 이 밤도
저 하늘 별 되어
아픈 내 가슴에 맺힌다

1981년 가수 채은옥의 소개로 전영록을 소개받아 2년 동안 함께 살며 많은 작품을 만들었다. 그러던 어느 날 전영록의 팬레터 중에서 슬픈 사연을 듣게 되었다. 불치병을 앓던 팬이 종이학 1,000마리를 접으면 소원이 이루어진다는 이야기를 듣고 매일같이 종이학을 접었다고 한다. 그러나 100마리 정도밖에 못 접고 하늘나라로 떠나고 말았다.

그 이야기를 들은 나는 마음이 너무 아팠다. 이루지 못한 그의 소망과 바람이 애틋했다.

내가 쓴 가사에 작곡가 이범희가 곡을 붙여 1982년에 발표했다. 이 노래는 이건우 작사 최초 히트곡이 되었다.

이범희 작곡, 전영록 노래, 1982년

나무와 새

진달래가 곱게 피던 날
내 곁에 날아오더니
작은 날개 가만히 접어서
내 마음에 꿈을 주었죠

이젠 서로 정이 들어서
떨어져 살 수 없을 때
외로움을 가슴에 안은 채
우린 서로 남이 된 거죠

신록이 푸르던 날도
어느덧 다 지나가고
내 모습은 이렇게
내 모습은 이렇게
야위어만 가고 있어요

내 마음은 이렇게
내 마음은 이렇게
병이 들어가고 있어요

아픈 마음 달래가면서
난 누굴 기다리나요
하염없이 눈물이 자꾸만
잎새 되어 떨어지는데

이 노래만 생각하면 아직도 마음이 슬프다.

1986년에 발표한, 탤런트이자 가수인 박길라의 노래로 당시 작곡가 강석호와 함께 1년여간 공들여 준비한 끝에 녹음을 마친 곡이다. 서정적인 멜로디와 가사가 인상적이라는 평을 받은 노래다.

1986년 10월, LP판이 나오는 날이자 신곡 발표회가 있는 날이었다. 긴장한 박길라는 무대에 올랐다. 그런데 노래를 마친 스물한 살의 젊은 가수 박길라가 갑자기 쓰러졌다. 그리고 심장마비로 이 세상을 떠나고 말았다.

가수는 떠났지만 지금까지 많은 사람이 애창하는 이 노래를 들을 때마다 해맑았던 박길라의 모습이 떠오르곤 한다. 특히 진달래가 곱게 피는 달이면….

강석호 작곡, 박길라 노래, 1986년

가인이어라

가인
가인이어라
운명 같은 사람이어라
보고 또 보고 싶은
가인이어라
정도 많은 사람이어라

어느 한날 똑같은 시간에 만나
서로에게 끌려버린 마음
좋아 좋아한다면 죄라도 되나요
이제 나는 어쩔 수 없네

아 영원히 안고 싶어라
시간아 멈추어라

가인
가인이어라
필연적인 사람이어라
보고 또 보고 싶은 가인이어라
내 인생의 귀인이어라

사랑해요

그 말을 하고 싶나요

내 마음도 그렇답니다

애간장을 녹이는 다정한 목소리

누가 내게 보내셨나요

아 영원히 닮고 싶어라

세월아 멈추어라

가인

가인이어라

운명 같은 사람이어라

보고 또 보고 싶은 사람이어라

내 인생의 귀인이어라

가인 가인

가인이어라

2019년 가요계를 뜨겁게 달군 TV조선 〈미스트롯〉의 신데렐라 송가인이 부른 곡이다. 하루아침에 벼락 스타가 된 송가인의 신곡에 거는 팬들의 기대 역시 대단했던지라 노랫말 쓰기가 몹시 부담스러웠다. 최근 연달아 히트곡을 내는 대세 작곡가 '알고보니 혼수상태'가 곡을 먼저 만들어 건네주었다.

송가인의 기획사는 1990년대부터 조성모, 티아라, 다비치 등 수많은 가수의 음반을 제작해 히트시킨 전설의 프로듀서 김광수 대표가 이끌고 있다. 2주일 정도 가사를 쓰고 난 다음 김광수 대표에게 전달했는데 문제는 다음 날부터였다. 3박 4일 동안 밤늦은 시간부터 새벽까지 SNS 메신저로 의견을 주고받았다. 김광수 대표의 조언을 첨가하고 수도 없이 고쳐가며 정말 힘들게 완성한 작품이다.

훌륭한 가수 뒤에는 훌륭한 지원군이 있다. 노랫말에 관심과 열정을 기울이며 작업을 독려한 김광수 대표의 헌신적인 노고에 찬사를 보내지 않을 수 없다.

알고보니 혼수상태 작곡, 송가인 노래, 2019년

합정역 5번 출구

나는 상수 너는 망원
한 정거장 전에 내려

터벅터벅 걷고 있는
이별을 앞에 둔 연인

합치면 정이 되는 합정인데
왜 우리는 갈라서야 하나

바람이 분다
사랑이 운다

아
합정역 5번 출구

정이 많아 정이 넘쳐
합정인 줄 알았는데

어쩌다가 그 역에서
이별을 불러야 하나

합치면 정이 되는 합정인데
왜 우리는 갈라서야 하나

바람이 분다
사랑이 운다

아
합정역 5번 출구

2019년 어느 날 MBC 예능 프로그램 〈놀면 뭐하니?〉에서
연락이 왔다. 유재석이 트로트를 부르는데 작사를 맡아 가
사를 쓰는 과정을 촬영하자는 것이었다. 그래서 단 한 번
의 촬영이라 생각하고 유재석과 함께 〈합정역 5번 출구〉
의 가사를 완성했다.

그런데 이게 웬일인가. 그 후 작곡가 박현우, 편곡가 정
경천 형들과 연말까지 방송을 하며 급기야 2019 MBC 연
예대상 특별상까지 수상하게 된다. 작사 생활 40년 만에
대중에게 얼굴을 알리게 해준 〈놀면 뭐하니?〉의 김태호 피
디와 신인 가수 유산슬에게 진심으로 고맙다는 말을 전하
고 싶다.

박현우 작곡, 유산슬 노래, 2020년

디디디

그대와 난
이렇게 멀리 떨어져 있기에
전화 다이얼에 맞춰
남몰래 그대를 부르네

속삭이듯 마음을 끄는
다정한 그 목소리
언제 들어봐도 왠지
두 눈엔 이슬만 맺히네

더 이상 이제 나는 기다릴 수가 없어요
마지막 동전 하나 손끝에서 떠나면

디디디 디디디
혼자선 너무나 외로워

디디디 디디디
가슴만 태우는 그대여

당시 작편곡으로 유명했던 유영선이 작곡해 1989년 발표한 곡이다.

작품을 쓰기 전에 보통 가수, 작곡가, 매니저와 미팅을 자주 하며 작품의 방향이나 설정을 의논하곤 한다. 당시에도 김혜림이란 가수를 자주 만나 식사도 하고 차도 마시면서 노랫말에 관해 얘기하곤 했다.

어느 날 압구정동 한 카페에서 메모장에 가사를 끄적이던 내게 김혜림이 "오빠! 나 디디디(DDD) 좀 걸고 올게요."라고 하는 것이다. 그 당시에는 밖에서 전화를 걸려면 공중전화를 이용했는데 지방에 전화하려면 장거리 자동전화 '디디디'를 이용해야 했다. 한 움큼의 동전으로 바꿔서 동전을 하나씩 넣어가며 전화를 걸었다. 10초 단위로 동전이 찰랑 떨어지는 소리에 마음마저 초조해졌다.

김혜림의 그 한 마디에 바로 펜을 들어 30분 만에 완성한 작품이 〈디디디〉란 노래다. 디디디를 걸고 자리에 돌아와 노랫말을 본 김혜림이 최고라고 해맑게 웃던 모습이 지금도 눈에 선하다.

유영선 작곡, 김혜림 노래, 1989년

넌 나의 처음이자 마지막이야

우리 사랑 지금부터 시작인 거야

아무 말도 하지 마
어둠만이 너와 나를 만질 수 있어
내 가슴에 기대봐
들리지 않니 너를 향한 나의 마음이

누구 하나 축복해줄 사람 없는 시간 속에
더 이상은 가슴 조일 필요는 없어

내 삶 속의 방황은 모두 끝났어
너를 만나기 전의 가슴앓이일 뿐

우리 사랑 지금부터 시작인 거야
그 누구도 간섭할 수 없는 애기지

너를 위해 무엇이든 난 할 수 있어
너는 나의 모든 것

처음이자 마지막이야

눈을 뜨려 하지 마
느낌으로 너와 나를 확인하면 돼
나의 품에 안겨봐
들리지 않니 사랑한단 나의 그 말이

어느 순간 떠올라서 저 하늘을 날 것 같아
이젠 정말 그 무엇도 두렵지 않아

내 삶 속의 방황은 모두 끝났어
너를 만나기 전의 가슴앓이일 뿐

우리 사랑 지금부터 시작인 거야
그 누구도 간섭할 순 없는 얘기지

너를 위해 무엇이든 난 할 수 있어
너는 나의 모든 것

처음이자 마지막이야

1996년 정재윤, 이준, 김조한, 세 명이 결성한 R&B 그룹 '솔리드'가 불러 히트한 노래다. R&B 장르의 노랫말을 처음 써보는 데다 이미 스타덤에 오른 솔리드의 신곡이라 부담감이 어느 때보다 클 수밖에 없었다.

나만의 욕심인지 몰라도 작사가는 어느 장르나 전방위로 노랫말을 써낼 수 있어야 한다는 패기와 열정으로 도전했다. 그만큼 오랜 고생 끝에 완성한 노랫말이다. 다행히도 당시 KBS 가요 프로그램 〈가요톱텐〉에서 1위를 차지해 R&B 장르 작사에 자신감이 생겼다. 또한 작사를 여러 장르로 확대하는 계기가 되었다. 덧붙여 이 앨범은 프로듀서 최승호와의 우정이 낳은 작품이라고 고백하지 않을 수 없다.

정재윤 작곡, 솔리드 노래, 1996년

사랑은 아무나 하나

사랑은 아무나 하나
눈이라도 마주쳐야지

만남의 기쁨도
이별의 아픔도
두 사람이 만드는 걸

어느 세월에
너와 내가 만나
점 하나를 찍을까

사랑은 아무나 하나
어느 누가 쉽다고 했나

사랑은 아무나 하나
흔히 하는 얘기가 아니지

만나고 만나도
느끼지 못하면
외로운 건 마찬가지야

어느 세월에
너와 내가 만나
점 하나를 찍을까

사랑은 아무나 하나
어느 누가 쉽다고 했나

좋은 멜로디에 노랫말을 붙이는 것이 의당 작사가의 몫이
된 지 오래다. 2001년 어느 날 가수 태진아가 구전 가요 멜
로디에 가사를 붙여보자고 나에게 의뢰했다. 멜로디가 귀
에 익은 데다 노랫말이 여러 형태로 만들어져 이른바 히트
한 구전 가요였다.

어떤 노래가 그렇지 않았을까마는 꽤 깊은 고민 끝에
'사랑은 아무나 하나'라는 노랫말을 붙여 공전의 히트곡이
되었다. 그런데 문제는 그다음에 벌어졌다. 이 사람 저 사
람이 그 노래를 작곡했다며 저작권 소송을 걸었다. 그러나
이 노래는 월남전 때도 유행했던 터라 정황상 그 누구도
작곡가로 인정받지 못했다. 누군가가 만들었을 〈사랑은 아
무나 하나〉의 멜로디는 지금도 미상으로 남아 있다.

작곡 미상, 태진아 노래, 2001년

스피드

허구한 날 매일 매일 무기력한 내 생활에
나에게도 이런 일이

널 처음 본 순간 느꼈어
널 이제 내 여자로 만들고 싶어
정신을 차릴 수가 없었어
어떻게 내게 이런 일이 생겨
미칠 것 같아
오 이런 마음 처음이야

어떻게 시작해볼까
시간 좀 내 달라고 말을 걸어볼까
아니야 그건 너무 평범해
그렇게 쉽지만은 않을 거야
놓칠 수 없어
오 저질러보는 거야

오 그만 오 그만
나조차도 주체할 수 없는 이 기분
이런 마음 이런 내 사랑 날 받아줄 수 없겠니

오 제발 오 제발
경계하는 눈빛으로 나를 바라보지 말아
곱지 않은 그 시선이 날 자꾸만 슬프게 해

사랑한 표현의 한계지
예상은 빗나가기 쉬울 수밖에
언젠가 내 마음을 알겠지
그날이 어서 빨리 왔으면 해
멈출 수 없어
오 달려가보는 거야

그렇게 넌 내게 온 거야
사랑은 용기 있는 자만의 선택
지금 난 누구보다 행복해
그토록 기다렸던 순간이야
믿을 수 없어
오 이런 마음 처음이야

김건모가 불러 히트한 노래다. 작사야 늘 하는 일이지만 1995년에 김건모의 〈잘못된 만남〉이 워낙 빅 히트하는 바람에 후속곡을 쓰는 작업이 부담스러울 수밖에 없었다. 당시 〈날개 잃은 천사〉를 히트시킨 작곡가 최준영과 의기투합하여 김건모 신곡에 사활을 걸고 작품에 몰두했다.

그러나 작사가 어디 하늘에서 뚝 떨어지는 것이던가. 작업실에서 오선지에 매달리다 보면 내 정신인지 남의 정신인지 헷갈리기 일쑤다. 그러던 어느 날, 머리를 식히려 영화 한 편 보고 작업을 해야겠다고 생각했다. 그날 무작정 찾은 극장에서 본 영화의 제목이 〈스피드〉다. 오래전 일이라 스토리는 가물가물하지만 스피드라는 제목답게 시종일관 속도감 있게 펼쳐지는 전개가 인상적이었다.

영화를 보고 난 후 '그래, 이번 김건모의 타이틀곡 제목은 〈스피드〉다.'라고 마음먹고 그날 노랫말을 스피드 있게 완성했다. 노래 발표 후 기대만큼 빠르게 히트하여 김건모의 명성에 일조한 작품이 되었다.

최준영 작곡, 김건모 노래, 1996년

일급비밀

눈을 감아도 소용없어
귀를 막아도 소용없어
지금 그녀가 내 앞에서
무슨 말을 해줄 것만 같은데

슬픈 눈길을 떠올리며
낯선 거리를 걸어봐도
그대 마음을 모르겠어
나를 자꾸 외면하면 어떡해

그대 진정 사랑하는 사람은 누구
나지막이 속삭이던 사람은 누구

우리 중에 좋아하는 사람은 누구
어떻게든 알고 싶어

모르는 게 너무 많아

나는 모든 걸 털어놨고
그댄 비밀이 너무 많아

일급비밀을 알고 싶어
그대 누굴 사랑하고 있는지

그대 진정 사랑하는 사람은 누구
나지막이 속삭이던 사람은 누구

우리 중에 좋아하는 사람은 누구
어떻게든 알고 싶어

모르는 게 너무 많아

나는 모든 걸 털어놨고
그댄 비밀이 너무 많아
일급비밀을 알고 싶어
그대 누굴 사랑하고 있는지

그대 누굴 사랑하고 있을까

20대 시절 작사를 하는 것이 너무 힘들어 포기하고 싶었던 시기가 있었다. 작사는 하면 할수록 어려웠고 당시 저작권료 수입이 형편없기도 했다. 그 암담했던 시절 방황하고 고민할 때마다 작사가에 대한 희망을 잃지 말라고 마음을 다독여준 고마운 형들이 있었다. MBC 라디오의 강동균 프로듀서와 조형재 프로듀서, 두 분이야말로 나를 가요계에서 작사가로 설 수 있도록 끝없는 애정과 관심을 기울여준 분들이다.

조형재 프로듀서는 1987년 당시 인기 최고였던 이종환의 〈밤의 디스크쇼〉 공개 방송에 나를 두 번이나 출연시켜 라디오 스타로 만들었다. 곡이 나올 때마다 격려와 조언을 아끼지 않았다. 감사한 마음에서 이후 더 열심히 창작 의지를 불태웠고 새벽 시장을 다니며 노랫말 소재를 구했다.

그러던 어느 날, 남대문 시장에서 '탑시크리트'란 건물이 눈에 띄었다. 이름하여 일급비밀. 그 제목을 머릿속에 넣어 1988년 소방차 앨범에 〈일급비밀〉이란 제목을 붙여 발표했다.

강동균·조형재 형님, 감사하고 고맙습니다. 존경에 사랑을 더합니다.

이호준 작곡, 소방차 노래, 1988년

러브레터

구름에 달빛 가린 캄캄한 밤에
나 홀로 잠 못 들어요

당신 앞에 자신이 없어
몰래 편지를 써요

사랑에 까막눈인데
내가 왜 이럴까
몰라요 나도 몰라요 울고만 싶어

아무리 써봐도 자꾸만 보아도
뭔가 빠졌어

사랑해요
아이 러브 유
그 한 마디가

아 얄미운 사람

낯설은 이름에 깜짝 놀랐죠

바로 당신이군요
누가 볼까 숨을 멈추고 몰래 읽어봅니다

사랑에 까막눈인데
내가 왜 이럴까
몰라요 나도 몰라요 울고만 싶어

아무리 읽어도 자꾸만 보아도
뭔가 빠졌어

사랑해요
아이 러브 유
그 한 마디가

아 얄미운 사람

2000년 발표한 이 노래는 작곡가 김영광 선생이 멜로디를 먼저 만들어 가사를 의뢰하며 참신한 아이디어를 요구한 작품이다. 멜로디가 경쾌하고 리듬이 흥겨워 듣자마자 마음이 즐거워지는 곡이었다. 꼭 곡조에 어울리는 산뜻한 가사를 써야겠다고 마음먹었다. 그러다 '왜 트로트 제목으로 영어를 쓰면 안 될까?'라는 생각을 하였다.

88서울올림픽 이후 사회가 활기차게 변하고 댄스 가수들이 많아지던 시기였기에 트로트 곡이라도 영어 제목이 낯설지 않았다. 다행히 가수 주현미도 마음에 들어 하고 김영광 선생도 좋아해서 세상에 나온 노래가 〈러브레터〉다. 작사, 작곡, 가수의 세 박자가 잘 어우러진 작품이라 자부한다. 지금 생각해도 연애편지라 하지 않고 〈러브레터〉라고 제목 붙이기를 잘했다고 생각한다.

김영광 작곡, 주현미 노래, 2000년

날개 잃은 천사

아 그럴 거야 나를 아끼려고
굳이 내게 말 안 하고
멀리 떠나갔던가

천사를 찾아 샤바 샵 샤바
천사를 찾아 헤매지
잃어버린 내 모습을 찾아
샤바 샵 샤바

오
이렇게 많은 사람들이
네게 친해지려 할 때 샤바 샵 샤바
네가 싫고 넌 키도 작고
차도 없다 했지

난
이런저런 조건 조건
따지다 보니까
진실한 사랑의 의미 의미
도대체가

도대체가 찾을 수가 없어

쉽게 찾을 수가 있는데
내 마음속에 있는데
조용하게 눈을 감고
생각하면 알 수 있어

천사를 찾아 방황하는
나의 예전 그 모습 찾아

나 이제 알아 혼자 된 기분을
그건 착각이었어
느낄 수 있니 사랑의 시작은
외로움의 끝인걸

언제라도 넌 내가 원한 것을
다 줄 듯 보였고
샤바 샵 샤바

변덕스러운
내 기분 맞추려
고민도 하고
사바 사바 사바

하지만 너의 고마웠던 사랑을
난 당연한 듯
생각했었던 거야

나 이제 알아 혼자 된 기분을
그건 착각이었어
느낄 수 있니 사랑의 시작은
외로움의 끝인걸

아
그럴 거야 나를 아끼려고
굳이 내게 말 안 하고 멀리
떠나갔던가

1995년 대한민국을 강타한 댄스 그룹 '룰라'의 초대박 노래다. 그 당시 작사가로서 15년 차에 접어든 나는 1988년 서울올림픽 때부터 밝고 빠른 댄스 노래의 작사에 열을 올리고 있었다. 룰라의 제작자 이상석과 친한 사이였기에 이 댄스 그룹에 대해 많이 연구하고 가사를 쓸 수 있었다.

그러던 어느 날 작곡가 최준영의 곡을 건네받았고 며칠을 고민했다. '이 땅의 젊은이들이 많은 것을 누리고 생활이 풍요로워졌지만 정말로 행복하게 살고 있을까?'라는 질문 끝에 〈날개 잃은 천사〉라는 제목이 떠올랐다. 이 노래는 이상민, 채리나 등 개성 있고 실력 있는 멤버들이 스타덤에 오르고 엉덩이 춤이 대유행하면서 전 국민의 노래가 되었다. 이 노래로 각종 작사상을 수상했고 작사 영역을 댄스 노래까지 확대하는 계기가 되었다.

최준영 작곡, 룰라 노래, 1995년

사랑은 차가운 유혹

사랑은 차가운 유혹
그래도 피할 순 없어
이별은 때늦은 후회
다시는 만날 수 없어

마지막 인사를 하지도 못하고
어깨를 움츠린 채로 고개만 떨구네

힘없이 다가와 내 손을 잡을 때
뺨 위로 흐르는 눈물
가슴만 메네

이 세상 모두를 사랑한 당신이
어이해 나만은 사랑할 수 없나

사랑은 차가운 유혹
그래도 피할 순 없어
이별은 때늦은 후회
다시는 만날 수 없어

언젠가 우연히 마주친다 해도
모르는 사람들처럼 지나쳐가겠지

이 세상 모두를 사랑한 당신이
어이해 나만은 사랑할 수 없나

사랑은 차가운 유혹
그래도 피할 순 없어
이별은 때늦은 후회
다시는 만날 수 없어

1980년대 후반 충청도 유성에 '한밭기획'이라는 유명 기획
사가 있었다. 많은 작사가가 그곳에서 창작열을 불태웠다.
나도 기획사 대표의 의뢰로 신인 여가수의 제작에 참여했
고, 녹음을 마친 후 음반 발표만을 기다리고 있었다.

그런데 아뿔싸! 돌연 그 여가수가 행방불명되었다. 망연
자실했던 나는 그 곡을 잘 부를 가수를 찾다가 마침내 양
수경을 만났다. 녹음을 마치고 불과 두 달여 만에 크게 히
트했다. 처음 녹음했던 신인 가수는 이 노래를 들으며 무슨
생각을 했을까? 노래마다 임자가 따로 있다는 불변의 진리
를 다시금 일깨워주었다. 나중에 듣자니 그 신인 가수는 가
수의 길을 접고 사랑을 찾아 결혼을 택했다고 한다.

김기표 작곡, 양수경 노래, 1991년

질투

학창 시절 다정했던 친구를 우연히 만난 날
너무나도 변해버린 그 앨 보고 나는 깜짝 놀랐었죠
그렇게도 말이 없고 얌전하던 그 아이 곁에는
한 남자가 조용히 웃고 있었죠

싱거운 웃음으로 인사를 나눴지만
허전한 기분을 감출 수 없었어요
하루 종일 우울한 음악을 들으면서
야릇한 슬픔을 갖고 말았어요

언니 이름 앞으로 와 있는 편지를 보던 날
나는 새로운 사실을 발견하고 말았어요
언니에게 사랑하는 애인이 있다는 사실이
조금은 나에게 충격을 주었던 거예요

나 혼자면 어때 그렇게 생각해도
자꾸만 마음이 외롭고 허전했죠
나에게는 사랑할 사람이 없는 걸까
이상한 슬픔을 갖고 말았어요

조용한 찻집에서 내가 찾는 이상형의 남자를 보던 날
말을 걸고 싶었지만 나에겐 용기가 없었죠
망설이는 내 마음을 바보처럼 느끼던 순간에
아름다운 여인을 그 사람이 불렀죠

우두커니 그 자리를 숨어서 보는 순간
자꾸만 이상한 감정을 느꼈어요
도망치듯 그 자리를 뛰어서 나왔지만
야릇한 슬픔을 갖고 말았어요

1970년대 원톱 여가수로는 혜은이가 떠오른다. 길옥윤 선생과 함께 〈당신은 모르실거야〉〈진짜 진짜 좋아해〉〈제3 한강교〉 등 부르는 노래마다 대히트한 최고의 가수다. 늘 작품을 같이 하고 싶다고 생각하던 나에게 기회가 찾아왔다.

1982년 혜은이의 신곡 앨범에 작사가로 참여했다. 귀엽고 발랄한 혜은이의 이미지를 살려 빅히트를 예감하며 스토리 형식의 구어체를 사용해 발표한 노래다. 그러나 노래의 운명은 아무도 모른다. 당시 KBS 〈가요톱텐〉에서 수직 상승하던 중 작곡 표절 시비에 걸려 낙마하는 불운을 겪었다. 열정적으로 창작 의지를 불태운 작품이었기에 아쉬움이 클 수밖에 없었다. 세월이 흘러 TBS 라디오 프로그램에서 내가 만든 노래 중 가장 불운한 명곡이 무엇인가를 방송한 적이 있다. 이 노래가 바로 그 불운의 명곡이다.

외국 곡, 혜은이 노래, 1982년

황홀한 고백

네온이 불타는 거리
가로등 불빛 아래서
그 언젠가 만났던 너와 나

지금은 무엇을 할까
생각에 잠기면 하염없이
그날이 그리워지네

불타는 눈동자 목마른 그 입술
별들도 잠이 들고

이대로 영원히 너만을 사랑해
황홀한 그 한 마디

지금도 늦지 않았어
내 곁에 돌아온다면
나는 너를
영원히 사랑할 거야

1986년에 발표한 작품이다. 그 당시 윤수일과 장안평 어느 호텔에서 두 달여 동안 합숙하며 의기투합해 만들었다. 일곱 편의 작품을 녹음했는데 모든 곡이 작곡 후에 가사가 붙여졌다.

하루는 글이 잘 안 써져 함께 바람이나 쐬러 가자고 제안했다. 기왕이면 비행기를 타고 제주도로 가고 싶어서 난생처음 비행기를 타고 제주도로 작품 여행을 가게 되었다. 비행기를 처음 타니 신기하기도 하고 설렜다. 비행기를 처음 타본 황홀했던 기분을 오래 간직하고 싶었다. 노래 제목에 '황홀'이라는 단어를 넣으면 좋겠다는 생각이 들었다. 윤수일도 나의 의견을 흔쾌히 받아주어 〈황홀한 고백〉이란 노래가 탄생할 수 있었다.

그 이후 비행기를 여러 번 타봤지만 〈황홀한 고백〉 같은 작품은 아직 나오지 않았다.

윤수일 작곡, 윤수일 노래, 1986년

선녀와 나무꾼

하늘과 땅 사이에 꽃비가 내리던 날
어느 골짜기 숲을 지나서
단둘이 처음 만났죠

하늘의 뜻이었기에 서로를 이해하면서
행복이라는 봇짐을 메고
눈부신 사랑을 했죠

그러던 그 어느 날
선녀가 떠나갔어요
하늘 높이 모든 것을 다 버리고
저 멀리 떠나갔어요

선녀를 찾아주세요
나무꾼의 그 애기가
사랑을 잃은
이 내 가슴에
아련히 젖어 오네요

1994년 발표한 이 노래는 가수 '도시아이들' 앨범에 수록된 곡이다. 처음에는 별로 반응이 없다가 지방의 나이트클럽에서 서서히 알려지기 시작해서 급기야 서울에서 히트한 노래다.

이 노랫말의 공은 아들한테 돌리는 것이 맞을지도 모르겠다. 유치원생이던 아들에게 《선녀와 나무꾼》이란 동화책을 읽어주다가 문득 노랫말이 떠올랐으니 말이다. 〈선녀와 나무꾼〉이란 제목을 그대로 붙이고 동화의 이야기를 노랫말로 풀어 써 내려간 노래다.

이 노래를 작곡하고 노래까지 부른 김창남은 2005년 지병으로 세상을 떠났다. 사람은 떠나도 노래는 영원히 남는다는 말이 더더욱 실감난다.

김창남 작곡, 도시아이들 노래, 1994년

왜 불러

왜 불러 왜 불러 왜 불러
왜 아픈 날 불러
왜 불러 왜 불러 왜 아픈 날

두 팔을 벌려
나를 꼬옥 안아줘

저 푸른 바다 밑 파란 물결 속에 떠다니는 외로움
누가 날 불러 여기까지 왔는지
더 이상 나도 날 사랑할 수조차 없다는 걸 아는데
뒤에서 나를 부르는 건 누구야

다가오지 마 (그럴 순 없어)
날 내버려 둬 (다시 생각해)
그 누구도 날 진정 사랑해준 사람 없었어

난 꿈이 없어 (내 손을 잡아봐)
날 잡은 건 너의 실수야
나보다 더 좋은 여자
얼마든지 있는데

왜 불러 왜 불러 왜 불러
왜 아픈 날 불러
왜 불러 왜 불러 왜 아픈 날

순간이 아닌 영원할 수 있는
그런 사랑을 원해

왜 불러 왜 불러 왜 불러
왜 아픈 날 불러
왜 불러 왜 불러 왜 아픈 날

두 팔을 벌려
나를 꼬옥 안아줘

그렇게 우린 시작했고 결혼하기로 했어
저 바다가 너를 내게 보내준 거야

1998년 3인조 여성 그룹 '디바'가 불러 히트한 노래다. 작곡가 최준영과 한창 함께 일하던 시절 새로운 댄스곡에 노랫말을 붙이고 싶었다. 곡을 받고 일주일간 호텔에 틀어박혀 작품에 몰두하였으나 작사의 신이 나를 불러주지 않았다.

그러던 어느 날 영화 〈타이타닉〉을 보다가 영감을 받아 만든 작품이다. 당시에 노트 한 권을 들고 극장에 들어가 영화를 보다가 마음에 드는 대사가 나오면 메모하는 습관이 있었는데 많은 부분을 가사에 녹였다. 원래 계절송은 잘 쓰지 않는 편이라 이렇다 할 계절송이 없었던 나에게 지금까지도 여름이 오면 라디오에서 자주 들을 수 있는 유일한 계절송이 되었다. 룰라 시절부터 보아왔던 채리나가 디바의 리더였기에 이 노래의 히트가 더 반가웠다.

시간이 흘러 SBS 〈내게 ON 트롯〉이란 방송에 채리나와 함께 출연하게 되었는데 내가 방송에서 급제안하였다.

"채리나, 요즘 트로트가 대세니까 룰라 같은 혼성 트로트 그룹을 결성해보는 것은 어떠니?"

최준영 작곡, 디바 노래, 1998년

미녀와 야수

오늘 밤 너와 난 단둘이서 Party Party
행복을 예감하는 행복한 Party
사랑을 느끼면서 Party Party
아침이 올 때까지

너를 처음 봤을 때 섹시함에 난 쓰러졌지
너무나도 눈부신 너의 모습 괜찮은 모습

내 모든 걸 너에게 주고 싶어
남자들은 여자의 섹시함을 알아야만 한다

오늘 밤 너와 난 단둘이서 Party를 하고 싶어
그 어떤 방해도 받고 싶지 않아
난 널 느끼고 싶어 난 널 갖고 싶어
너만 OK 해준다면

이성은 행위 앞에 노예
관념은 이유 없는 참견
금지된 사랑이라 해도
난 너를 놓칠 수가 없어

이 밤이 다시 오진 않아
우연은 만들어낸 얘기
온몸이 전율하는 순간
넌 이미 내 세계에 있잖아

달아나지 마
더는 갈 데가 없어
나의 사랑으로만 널 풀 수 있어

오늘 밤 너와 난 단둘이서 Party Party
행복을 예감하는 행복한 Party
사랑을 느끼면서 Party Party
아침이 올 때까지

난 이제 알아 난 느낄 수 있어
넌 참 섹시하다라고 말하고 싶어
지금 이 순간 어느 누구도 만족진 않아
우린 인격, 상상, 이성 따윈 지금 필요 없어

One, Two, Three, Baby 우리들의 Party
우리 둘만의 즐거운 Party
나 이젠 사랑을 알 거 같아
Come on Baby
난 이제 네 거야

상상은 목적 없는 방황
인격은 실속 없는 과시
고상한 품위 앞에 먼저
기회는 두 번 다시 없어

난 이미 내가 아닌 거야
네게서 나를 찾은 거야
드디어 사정거리에서
당기는 큐피드의 화살

달아나지 마
더는 갈 데가 없어
나의 사랑으로만 널 풀 수 있어

움직이지 마
다른 시선이 잡혀
너의 사랑으로만 날 풀 수 있어

오늘 밤 너와 난 단둘이서 Party Party
행복을 예감하는 행복한 Party
사랑을 느끼면서 Party

아침이 올 때까지

1996년 남성 3인조 그룹 'DJ DOC'가 발표한 노래다. 이 노래의 프로듀서는 각광받던 '철이와 미애'의 신철이며, 작곡은 최고의 작곡가 윤일상이 맡았다. 처음 멜로디를 전해 받고 노랫말을 생각할 때 뭔가 파격적인 작품을 쓰고 싶었다. 그래서 신철에게 3박 4일간 호텔을 잡아달라고 하여 거의 스스로를 감금시킨 상태에서 정신을 집중해 만든 노랫말이다.

댄스곡 가사에 단 한 번도 등장하지 않았던 말이 무엇일까 고민하던 끝에 '이성은 행위 앞에 노예'라는 말을 써놓고 단숨에 완성시킨 작품이다.

도입부의 랩 파트는 신철이 만들었는데 '오늘 밤 너와 나는 단둘이서 Party Party'를 '탈의 탈의'라고 표기해 방송국 심의에서 방송 부적격 판정을 받는 바람에 다시 인쇄를 수정했던 해프닝도 있었다.

이 노래는 노랫말이 선정성 도마 위에 올랐고 여론의 뭇매를 맞기도 했지만, 노랫말은 상상력의 발현일 뿐이지 청소년을 자극하려는 의도는 전혀 없었다. 오랜 세월이 지난 지금도 내가 작사한 댄스 노랫말 중에 으뜸을 꼽으라면 주저 없이 이 노래를 떠올린다.

윤일상 작곡, DJ DOC 노래, 1996년

하늘이 내 이름을
부르는 그날까지
순하고 아름답게
오늘을 살아야 해

논개

꽃잎을 입에 물고 바람으로 달려가
작은 손 고이 접어 기도하며 울었네
샛별처럼 반짝이던 아름다운 눈동자
눈에 선한 아름다움 잊을 수가
아 없어라

몸 바쳐서 몸 바쳐서
떠내려간 그 푸른 물결 위에
몸 바쳐서 몸 바쳐서
빌었던 그 사랑 그 사랑 영원하리

몸 바쳐서 몸 바쳐서
떠내려간 그 푸른 물결 위에
몸 바쳐서 몸 바쳐서
빌었던 그 사랑 그 사랑 영원하리

큰 별이 저리 높은 아리따운 논개여
뜨거운 그 입술에 넘쳐가던 절개여
샛별처럼 반짝이던 아름다운 눈동자
눈에 선한 아름다움 잊을 수가

아 없어라

몸 바쳐서 몸 바쳐서
떠내려간 그 푸른 물결 위에
몸 바쳐서 몸 바쳐서
빌었던 그 사랑 그 사랑 영원하리

몸 바쳐서 몸 바쳐서
떠내려간 그 푸른 물결 위에
몸 바쳐서 몸 바쳐서
빌었던 그 사랑 그 사랑 영원하리

이 노래는 고등학교 재학 시절 써놓은 작품이다. 당시 정동에 있었던 MBC 앞쪽에 위치한 준프로덕션에 자주 드나들면서 친분 있는 작곡가, 가수와 당구를 치곤 했다. 하루는 너무 많은 게임비가 나와 곤란에 처했다. 그러자 가수 이동기가 본인의 목걸이를 담보로 맡기고 게임비를 대신 내주었다. 게다가 버스 토큰 2개 중 1개를 내게 서슴없이 주었다.

이에 감동하여 평소 써두었던 가사 50편을 모두 이동기에게 주었다. 그중 하나인 〈논개〉에 이동기가 곡을 붙여 1983년 발표해 공전의 히트를 기록했다.

이동기 작곡, 이동기 노래, 1983년

고니

가난한 시인의 집에
내일의 꿈을 열었던
외로운 고니 한 마리
지금은 지금은 어디로 갔나

속울음을 삼키면서
지친 몸을 창에 기대고
약속을 지키지 않는
사람들이 미워졌다고

날아도 날개가 없고
울어도 눈물이 없어 없어라

이젠 다시 이제 다시는
볼 수 없는
아 우리의 고니

이젠 다시 이제 다시는
볼 수 없는
아 우리의 고니

1980년대 후반 방배동은 청년 문화의 중심지였다. 많은 연예인이 카페를 직접 운영해 밤마다 청춘들과 연예인들이 자주 찾았다. 방배동 카페 골목 중간쯤 가수 이태원이 운영하던 '솔개'라는 카페가 있었다. 외롭고 힘들었던 시절 나는 그 카페를 밤마다 찾았고 카페에서 많은 가수와 교류를 나눌 수 있었다.

이태원의 〈솔개〉라는 노래가 한창 인기를 끌던 시기였다. 다음 신곡을 의논하면서 '새' 노래를 시리즈로 내보자고 작품을 의뢰했다. 그래서 〈고니〉라는 노래를 만들었고 후에 〈타조〉라는 노래까지 만들게 되었다. 두 작품 모두 크게 히트했고 많은 가수와 문인에게 좋은 노랫말이라고 칭찬을 들었던 작품으로 기억한다.

김현 작곡, 이태원 노래, 1986년

이브

이브 너 생각나니
지난 세월 우리 만난 날
바람결에 꽃잎을 물어
내 가슴에 집을 지었네

이브 떠나야 하니
스쳐 가는 바람결처럼
너와 둘이 깊었던 정이
눈물 속에 아롱져오네

사랑한다 떠나지 마라
사랑한다 떠나지 마라
밤을 새워 별도 우는데

사랑한다 떠나지 마라
사랑한다 떠나지 마라
밤을 새워 나도 우는데

이브 외로워지면
긴긴날을 어이 보내나

우리 맺은 사랑의 약속
바람 속에 나를 부르네

사랑한다 떠나지 마라
사랑한다 떠나지 마라
밤을 새워 별도 우는데

사랑한다 떠나지 마라
사랑한다 떠나지 마라
밤을 새워 별도 우는데

이브 떠나야 하니
스쳐 가는 바람결처럼
이브
오 이브

1980년대 초 가수 전영록의 집에서 작사가의 꿈을 키우던 시절 만든 노래다. 그때부터 전영록을 형이라 불렀고 지금도 그는 나와 막역한 사이다.

전영록은 참으로 다재다능하다. 영화 감상, LP 음반 모으기, 운동, 캐리커처 그리기 등 취미도 상당히 다양했다. 가장 놀라운 일은 글씨를 너무 잘 쓴다는 것이다.

군대 시절 도안을 연구하며 글씨체를 완성했다고 하는데 도저히 따라 할 수 없는 경지다. 어느 날 전영록을 흉내 내어 글씨 연습을 하다가 문득 '노래의 예쁜 제목은 어떤 것일까?' 의문을 갖게 되었다. 그때 '이브'라는 단어가 생각났다.

며칠 만에 가사를 완성해서 전영록에게 보여주었더니 매우 만족해하며 30분 만에 작곡을 완성했다. 작곡가, 디제이, 영화배우, 가수까지 80년대를 풍미했던 영원한 오빠 전영록! 나를 작사가로 키워준 영원한 나의 브라더이다.

전영록 작곡, 전영록 노래, 1983년

파초

불꽃처럼 살아야 해
오늘도 어제처럼
저 들판의 풀잎처럼
우린 쓰러지지 말아야 해

모르는 사람들을
아끼고 사랑하며
행여나 돌아서서
우린 미워하지 말아야 해

하늘이 내 이름을
부르는 그날까지
순하고 아름답게
오늘을 살아야 해

정열과 욕망 속에
지쳐버린 나그네야
하늘을 마시는
파초의 꿈을 아오

가슴으로 노래하는
파초의 뜻을 아오

1980년대 중반 추운 겨울 우연히 명동을 걷다가 길거리 공연을 하는 쌍둥이 듀엣을 보았다. 그들은 추운 날 기타를 치며 심장병 어린이 돕기 모금 공연을 하고 있었다. 추위에 모두가 웅크리며 갈 길을 재촉하느라 봐주는 사람이 없는데도 말이다. 그 모습을 보면서 그들에게 나의 작품을 선물하고 싶었다.

　1년 넘게 가사를 다듬고 또 다듬어 만든 작품을 작곡가 유영선에게 의뢰하여 탄생한 곡이 '수와진'의 〈파초〉다. 대부분 완성된 곡에 가사를 붙이는데 가사를 먼저 써놓고 곡을 붙인 몇 안 되는 작품 중 하나다. 이 노래를 통해 각 방송사에서 좋은 노랫말상을 받기도 했다. 이 곡을 들을 때면 그 겨울, 명동성당 앞을 서성이던 청년 이건우가 떠오른다. 내 마음속 보석 같은 노래다.

유영선 작곡, 수와진 노래, 1988년

미워 말아요

만난 걸 후회 말아요
사랑을 미워 말아요

인연의 가지 위에서
서로가 만났잖아요

우리 서로
인연이 있다면
또다시 만나겠지요

그리워도
그리워도

정만은 미워 말아요
떠난 걸 후회 말아요

1980년 〈사랑도 미움도〉라는 노래를 히트시킨 권은경이 부른 노래다. 신인 작사가로 단 한 곡의 히트곡도 없던 시절 서소문에 있던 코러스 다방을 자주 찾았다. 입장료를 내면 주스 한 잔과 노래책을 주었는데 '바블껌'이라는 그룹 출신의 가수 이규대가 사회를 보며 싱어롱을 이끌었다.

당시 스무 살 나이로 이미 50여 편의 작사를 써놓았기에 그곳에서 만난 가수 '가람과 뫼'의 윤영로와 이규대에게 노랫말을 보여주었다. 그래서 몇 곡의 노래가 만들어졌고 내 노랫말에 주목하던 '가람과 뫼'의 매니저 김지환이 유명 작곡가 원세휘를 소개해주었다. 그리하여 우여곡절 끝에 작사 인생의 첫 번째 타이틀곡인 〈미워 말아요〉가 탄생한 것이다. 그해 어느 날, 만원 버스를 타고 집으로 돌아가던 날, 버스에서 흘러나오던 노래를 듣고 감격했던 순간을 지금도 잊을 수가 없다. 스무 살 어린 작사가의 눈에 그렁그렁 맺혀 있던 그 눈물을.

원세휘 작곡, 권은경 노래, 1980년

있을 때 잘해

있을 때 잘해 후회하지 말고
있을 때 잘해 흔들리지 말고

가까이 있을 때 붙잡지 그랬어
있을 때 잘해 그러니까 잘해

이번이 마지막 마지막 기회야
이제는 마음의 그 문을 열어줘

아무도 모르게 보고파질 때
그럴 때마다 너를 찾는 거야

바라보고 있잖아
사랑하고 있잖아
더 이상 내게 무얼 바라나

있을 때 잘해
있을 때 잘해

이 노래는 작사를 먼저 하고 작곡가에게 의뢰한 몇 안 되는 노래 중 하나다. 작곡은 박현진이 맡았는데 노랫말을 받은 지 한 시간도 안 되어 만들었다고 한다.

노래는 제목이 중요하다. 이 노래의 제목은 우연한 장소에서 만들어졌다. 힘들어서 축 처져 있는 친한 지인을 위로한다고 소주 한잔 기울인 적이 있었다. 그 자리에서 지인이 말끝에 "있을 때 잘해."라고 말하는 것이다. 그 순간 노래 제목으로 꼭 써야겠다는 생각이 들었다. 당연히 그 지인에게 앞으로도 잘하겠다고 인사했다. 그리고 지금까지 그분에게 잘하고 있다.

박현진 작곡, 오승근 노래, 2001년

해바라기

해가 뜨면 내 마음에 또 피어나는
외로운 해바라기
바람 부는 언덕에서 그 어느 누가
내 곁에 머무르려나
기다림에 지쳐버린 내 해바라기

고개를 떨구지도 못하고 하늘에 고운 꿈 새겨
조각난 추억들을 모아서 그리운 모습을 그려

가슴 아픈 영혼의 눈빛
버리지도 못하는 기대
그렇게 아쉬워하면서

해가 지면 누군가를 또 기다리는
고독한 해바라기
찬 바람이 불어와도 그 어둠 속에
누구를 기다리나
기다림에 지쳐버린 내 해바라기

우리나라를 대표하는 최고의 가수 조용필의 노래 중에 내가 만든 노랫말이 세 곡 있다. 1990년 발매한 12집의 B면 타이틀곡으로 수록한 〈해바라기〉와 1997년 발표한 16집에 수록한 〈애상〉 〈판도라의 상자〉다.

1980년대 중반 〈밤에 떠난 여인〉의 가수 하남석의 소개로 조용필을 만나 함께 작업할 날을 손꼽아 기다렸다. 그러던 어느 날 조용필에게서 전화가 왔다. 밤 11시쯤 일산으로 귀가 중이었는데 차를 돌려 조용필이 사는 서초동으로 와달라는 것이었다. 기쁜 마음에 서둘러 도착해보니 조그만 간이 상 앞에 책상다리로 앉아 기타를 치며 작곡을 하고 있었다.

이런저런 얘기 끝에 곡이 완성되었다며 악보를 그리는데 정말 깜짝 놀랐다. 내가 본 작곡가 중 악보를 그렇게 빨리 그리는 사람을 본 적이 없기 때문이다. 세월은 가도 노래는 남는 것. 몇 년 전이던가 조용필 콘서트에서 〈해바라기〉 〈판도라의 상자〉를 오프닝 곡으로 노래하는 모습을 보며 갑자기 신들린 듯한 조용필의 손이 생각났다. 악성 베토벤이 살아 있다 해도 그날 조용필의 손길처럼 그렇게 빨리 악보를 그릴 수 있을까?

조용필 작곡, 조용필 노래, 1990년

탄생

나는 알았어 우리의 눈이 서로 마주친 순간
나는 느꼈어 우리는 사랑하고 있다는 것을
하늘에 떠 있는 구름처럼 이 마음 설레네
바람에 입 맞춘 꽃잎처럼 그 모습 아름다워

그대 있음에 어제의 모든 슬픔 사라져 가고
그대 있음에 내일의 모든 꿈이 되살아나네
화려한 거리의 불빛들이 우리를 감싸주네
가만히 그대를 바라보며 미래를 생각하네

탄생
우리는 젊음으로
탄생
우리는 희망으로

탄생
우리는 사랑으로
여기
새롭게 태어났네

이대로 영원히 영원히

그대 있음에 어제의 모든 슬픔 사라져 가고
그대 있음에 내일의 모든 꿈이 되살아나네
화려한 거리의 불빛들이 우리를 감싸주네
가만히 그대를 바라보며 미래를 생각하네

탄생
우리는 젊음으로
탄생
우리는 희망으로

탄생
우리는 사랑으로
여기
새롭게 태어났네

이대로 영원히 영원히
사랑은 영원히 영원히

대한민국 최초의 아이돌 그룹이라 일컬어지는 남성 3인조 댄스 그룹 '소방차'의 멤버 이상원이 1988년 소방차에서 탈퇴하여 솔로 가수로 데뷔하면서 발표한 노래다. 평소 친한 형 동생 사이로 자주 만나며 인생 상담을 해주던 터라 솔로 앨범 대부분의 작사를 맡았다. 당시 최고의 작편곡가 유영선이 가세하여 앨범의 완성도를 높였는데 소방차에서 솔로로 새롭게 시작한다는 의미로 〈탄생〉이라는 제목을 붙여 히트한 노래다.

그 후 그룹 소방차는 재결합과 결별을 반복하며 세월이 흘렀는데 최근에 이상원에게 연락이 와 수십 년 만에 재회의 기쁨을 맛보았다. 그때 신곡 준비에 한창인 이상원에게 멋진 노랫말을 써줄 것을 약속하며 헤어졌다. 오랜만에 만난 가수 이상원에게 특히 애정이 갔던 이유는 나의 첫째 아들과 이름이 같아서였을 것이다. 이상원 파이팅!

유영선 작곡, 이상원 노래, 1989년

고독한 연인

고개 들어 나를 봐요
슬퍼하지 말아요
무슨 말을 하려는지
난 벌써 알고 있어요

오늘만은 정말이지
날 울리지 말아요
예전처럼 한 번만 더
날 꼭 안아주세요

아무리 몸부림쳐도 헤어져야 하는데
어차피 떠날 사람을 붙잡을 수 있나

아무런 말도 하지 말아요
책임질 수 없다면
사랑의 슬픔도 사랑의 아픔도
모르는 사람들처럼

김수희 5집에 수록된 〈고독한 연인〉은 1983년에 '무지개 트리오'의 리더인 홍신복이 멜로디를 먼저 만든 후에 내게 의뢰한 곡이다. 사실 당시 나이 스물셋인 나에게는 몹시 힘든 작사였다.

재차 작품을 의뢰받아 고민 끝에 슬픈 연인의 이별 장면을 묘사한 가사를 완성하였다. 그런데 문제는 당시 공연윤리위원회의 작사 심의에서 통과되지 않는 것이었다. 문제가 된 가사는 '아무런 말도 하지 말아요 책임질 수 없다면'이란 구절이었다. 대중가요 가사에 '책임질 수 없다면'이란 말이 부적합하다는 지적이었다. 나는 이 구절이 빠진다면 발표할 수 없다고 버티었다. 결국 대성음반 연예부장이던 서희덕이 세 번이나 같은 가사를 심의에 내는 초강수를 둔 끝에 심의를 통과할 수 있었다.

우여곡절 끝에 무지개트리오가 〈고독한 연인〉을 녹음했다. 그러나 별 호응을 못 얻고 묻혀 있다가 김수희 매니저가 취입을 간청했다. 이 노래는 김수희의 〈고독한 연인〉으로 재탄생하여 비로소 빛을 발할 수 있었다.

홍신복 작곡, 김수희 노래, 1985년

인연

인연이 아니라고
고개를 숙인 너
눈물을 보일까 봐
하늘을 보던 나

그렇게 우린 서로
헤어져야 했나

날개 접은 저 새도
짝을 찾아가는데

또 하나의 계절은
저만치 서 있는데

그리워 애태우는 그대
한 번 더 만나볼 수 있다면

나머지 내 인생은
덤으로 사는 것

대한민국의 전설적인 디바 패티김 선생과 작업하게 된 건 큰 영광이었다. 길옥윤, 박춘석 선생과 수많은 히트곡을 쏟아내며 카리스마 있는 무대 매너와 목소리를 보여주는 그에게 감탄하지 않을 사람이 있겠는가.

2003년 패티김 데뷔 40주년을 맞아 매니저로부터 신곡을 의뢰받아 만들게 된 노래가 〈인연〉이다. 작곡은 〈내 마음 당신 곁으로〉〈사랑은 차가운 유혹〉 등 많은 히트곡을 남겼을 뿐 아니라 편곡가로도 유명한 김기표가 만들었다. 수많은 대가의 끝자락에 서 있는 내게 패티김 선생 노랫말을 쓸 수 있는 날이 오다니 감격하여 몇 날을 들떠 있었다. 선생께 누가 되지 않는 노래를 만들려고 애를 많이 썼다. 드디어 녹음하던 날, 조용한 카리스마로 녹음을 끝내고 좋은 가사라고 칭찬하던 패티김 선생의 모습이 지금도 눈에 선하다. 2013년 은퇴 선언으로 가요계를 떠났지만 패티김 선생의 주옥같은 노래들은 가요사에 길이길이 명곡으로 남아 있을 것이다.

김기표 작곡, 패티김 노래, 2003년

독백형식의 일기

오늘 잡아본 그대 손은
너무 차가웠어요
미소만 짓던 기억마저
어색하기만 해요

가끔씩 나와 마주치던
그대 슬픈 눈빛이
자꾸만 나를 괴롭혀요
무슨 까닭인가요

사랑해선 안 될
무슨 사연이 당신에게 있나요
가슴 조이면서 고개 저어도
내 마음은 슬퍼요

외롭고 쓸쓸한 내 곁에
누가 남아줄까요
이별이라고 생각하니
잠이 오질 않아요

대한민국 사람 누구나 아는 SM엔터테인먼트의 회장 이수만이 1989년에 발표한 노래다. 그 당시 나는 천하를 호령하던 신촌뮤직 장고웅 사장과 함께 밤이면 밤마다 신촌, 홍대, 방배동을 누비고 다니며 청춘을 불태웠다. 그러던 어느 날 미국 생활을 접고 귀국한 이수만이 친분 있는 장고웅 사장에게 음반 발매를 부탁하러 합정동 신촌뮤직 사무실로 왔다.

당시 신촌뮤직 소속이던 나도 평소 이수만을 좋아했던지라 여러 곡의 노랫말을 써 내려갔다. 각고의 노력 끝에 몇 편의 노랫말을 완성하고 녹음이 다 끝났을 때 방배동 카페에서 노래하던 이수만을 찾아갔다. 이런저런 이야기를 나누다 갑자기 나에게 작품료는 받았냐고 물어보는 것이었다. 거의 매일 장고웅 사장과 숙식을 같이 했던 처지라 작품료를 못 받았다고 하자 카페의 사장을 불러 가불을 신청하고 거금의 작사료를 건네주었다. 지금도 그때 그 따뜻했던 손의 온기가 느껴진다. 그런 작사가에 대한 애정이 오늘의 SM엔터테인먼트를 일군 원동력이 아니었을까.

홍신복 작곡, 이수만 노래, 1989년

우는 아희야

외로워 보이잖니 우는 아희야
떨어지는 꽃잎에 따라 울었니

서러워 보이잖니 우는 아희야
다시는 우지 마라 내가 간단다

타오르는 불꽃 뒤에
폭풍우 내려와도
서러워하지 마라
우는 아희야

한 오라기 햇살 아래
눈보라 몰아쳐도
사랑은 타는 거야
우는 아희야

외로워 보이잖니 우는 아희야
떨어지는 꽃잎에 따라 울었니

서러워 보이잖니 우는 아희야

다시는 우지 마라 내가 간단다

1980년 작사가의 꿈을 키우며 이리 뛰고 저리 뛰던 고독한 스무 살. 당시 유명했던 TBC 라디오 〈노래하는 곳〉에서 작사 공모를 한다는 소식에 가슴이 뛰었다. 그래서 여러 편의 노랫말을 놓고 심사숙고하다가 〈우는 아희야〉로 응모했다. 가슴 조이며 발표를 기다렸는데 내 가사가 대상을 받았다.

그 프로그램의 유명 피디였던 신광철 선생이 격려해주며 〈우는 아희야〉 노랫말을 그 당시 인기가 대단했던 '산울림'의 김창완에게 작곡을 의뢰해 노래도 발표했다. 명사회자였던 이택림의 사회로 상을 받던 날 명동 엘칸토 예술극장에서 〈우는 아희야〉 노랫말을 낭송하면서 감격했던 순간이 지금도 눈에 선하다. 그러나 어떻게 된 영문인지 산울림 앨범에는 이 노래가 수록되지 않아 크게 낙심했던 기억이 있다.

내 인생 첫 가사의 운명은 그렇게 끝나나 싶었다. 그 후 20여 년이 지났을까. 산울림 전집 앨범에 이 노래를 수록하고 싶다는 산울림 매니저의 얘기를 듣고 다시 한번 울컥했다. 나의 첫 번째 노랫말이 산울림의 노래로 남아 있게 되었구나. 히트곡이 될 수는 없었지만 평생 기억에 남을 노랫말이 아닐 수 없다.

김창완 작곡, 산울림 노래, 1997년

여정

거리마다 불빛이
흐느끼듯 우는 밤
세월 흐른 지금도 사랑하고 있다니

내 나이가 몇인가
꽃이 되어 진 세월
무던히도 참아왔던 외로움의 눈물이

사랑했어 사랑했어
우린 미치도록 사랑했었어

보고 싶어 너무 보고 싶어
내 사랑이 식기 전에

별빛 속을 헤매던
하나였던 그림자
지금 어디 있는지 너무 보고 싶은데

사랑했어 사랑했어
우린 미치도록 사랑했었어

보고 싶어 너무 보고 싶어
단 한 번만 내게

돌아와줘 돌아와줘
슬픈 내 눈물이 마르기 전에

보고 싶어 너무 보고 싶어
내 사랑이 다 식기 전에

이것만은 꼭 기억해야 해
가려거든
오지 마

2000년대 후반 나는 전에 들어본 적 없는 어느 여가수의 호소력 짙은 허스키 목소리에 주목했다. 그녀의 이름은 '왁스'. 2001년 〈화장을 고치고〉라는 노래로 단번에 스타덤에 오르면서 전 세대를 아우르며 큰 사랑을 받는 여가수가 나타났다.

빠른 댄스곡이나 느린 발라드 양쪽 다 완벽한 창법으로 가슴을 젖게 하는 그녀의 목소리에 반해 내 노랫말을 입히고 싶어졌다. 마침 내가 가요계에 데뷔시킨 최준영 작곡가가 왁스 앨범의 프로듀서였기에 간청하다시피 해서 멜로디를 받고 노랫말을 붙인 곡이 2002년 3집 앨범에 실린 〈여정〉이란 노래다. 왁스에게 준 단 한 편의 노랫말이었지만 오랜 세월이 지난 지금까지도 꾸준히 애창되는 노래이기에 남다른 애정을 갖고 있다.

특히 2018년 북한에서 '삼지연 악단'이 내려와 대한민국의 노래 몇 곡을 불렀는데 왁스의 〈여정〉을 불러 깜짝 놀란 적도 있다. MBC 〈복면가왕〉이라는 프로그램에 패널로 출연한 적이 있었는데 복면을 쓰고 나온 왁스의 노래를 듣고 비가수일 거라는 황당한 추측을 하는 바람에 복면을 벗은 왁스 앞에서 얼굴을 들 수 없었다. 그 이후 다른 프로그램에서 왁스의 노래를 들었을 때는 그녀 앞에서 확실하게 말할 수 있었다. "가수 중의 가수 왁스 아닙니까!"

최준영 작곡, 왁스 노래, 2002년

또 만났네요

또 만났네 또 만났어
야속한 그 사람

약속이나 한 것처럼
또 만났네

나도 모르게 생각만 해도
설레는 내 마음
언제 볼까 궁금했는데
또 만났네요

어쩌다 눈길이 마주칠 때면
자꾸만 가슴이 두근거리네
그 언제쯤 말을 붙일까

때가 되면은
때가 되면은
사랑을 고백할 거야

또 만났네 또 만났어

야속한 그 사람

약속이나 한 것처럼
또 만났네

나도 모르게 그려만 봐도
보고 싶은 내 마음
며칠 동안 안 보이더니
또 만났네요

당신과 헤어져 헤어질 때면
자꾸만 아쉬워 아쉬워지네
이게 바로 정이란 걸까

때가 되면은
때가 되면은
사랑을 고백할 거야

최고의 인기를 누리는 트로트 가수 주현미의 1992년 발표 작이다. 작곡은 수많은 히트곡을 낸 김영광 선생이 맡았다. 어느 날 종로 사무실에서 만나 악보와 테이프를 건네받아 작업을 시작했다.

김영광 선생은 직접 기타를 치며 멜로디를 불러주었는데 발성이나 창법에 묘한 매력이 있었다.

가수 주현미와는 처음 작업해보는 터라 욕심이 너무 들어간 걸까. 약속했던 날짜보다 일주일이나 더 걸렸다. 드디어 장충동 녹음실에서 녹음하던 날, 그때 들었던 맛깔 나는 트로트 고수의 목소리를 잊을 수가 없다.

지금도 주현미 콘서트나 디너쇼의 오프닝 곡으로 항상 애창되는 노래이기도 하다. 어쩌다 방송국에서 주현미와 마주칠 때 우린 이렇게 인사를 하곤 한다. "또 만났네요."

김영광 작곡, 주현미 노래, 1992년

단둘이서

어디로 가려 하나요
물어도 돼요
둘이서 갈 곳을 찾아
첫 배를 타고 떠나갈 거야

깜빡거리는 불빛보다 아름다운
어린 눈을 보며 애써 달래보는 말

여기에 있기에 아까운 여자야
너를 내가 찜했어

좋아 좋아요
나는요
당신뿐인 한 여자

내일은 여객터미널
단둘이서

최고의 가수 남진은 만날 때마다 왠지 기분이 좋아진다. 워낙 후배들에게 배려심도 많고, 위트 있어서 대화가 즐거운 사람이다. 더욱이 구수한 사투리를 들으면 정이 깊은 형이라는 생각이 든다. 호감 있는 가수와 작사가의 만남은 결국 좋은 곡으로 압축된다.

〈둥지〉〈파트너〉의 인기 작곡가 차태일의 멜로디를 받아 들고 많은 생각에 잠겼다. 남녀가 주고받는 형식의 노래를 써보면 어떨까. 그리고 아이러니하게 남진 혼자 부르게 하면 어떨까? 차태일과 둘이 오랫동안 고민하여 작품을 완성했다.

그러나 남진이 어떤 가수던가. 그는 밤이건 낮이건 가리지 않고 전화로 메신저로 노랫말에 더 깊은 연구를 요구했다. 수많은 가수 중에 노랫말에 대한 관심과 애정이 남진보다 더한 가수가 있을까? 작품을 할 때 힘은 배로 들지만 완성된 노래를 들으면 힘이 배로 생긴다.

차태일 작곡, 남진 노래, 2019년

도시의 천사

고향을 떠나오던 날
그날이 언제였던가
어머니 손을 잡으며
눈물을 글썽이던 날

세월은 살같이 흘러
내 모습 변해왔지만
그래도 꿈이 많아서
하늘을 우러러본다

거리에 어둠이 물들어 오면
눈앞에 깜박이는 너의 모습

언젠가 내게 봄날이 오면
내 사랑 찾아가리

아무리 외로워져도
눈물을 흘리지 말자
쓸쓸히 웃어보지만
내 곁에 아무도 없네

1986년 윤수일 5집 앨범의 타이틀곡이다. 지금은 작사가가 가수와 합숙하며 작업하는 게 상상이 안 가겠지만 당시 나는 완성도 높은 작품을 위해 가수 또는 제작자에게 숙식하며 작업할 수 있는 공간을 제공해달라고 요구했다.

윤수일과는 의기투합했다는 말이 가장 어울릴 것이다. 멜로디 하나하나, 노랫말 한 줄 한 줄에 서로가 감탄하며 두 달여 끝에 작업을 완성했다.

1980년대 중반 청춘의 꿈을 안고 고향을 떠나온 젊은이들의 꿈과 희망을 담아내고 싶었다. 어쩌면 그들이야말로 진정한 도시의 천사가 아닌가 하는 생각이 들었다.

큰 히트를 예상했지만 〈황홀한 고백〉에 묻혀 빛을 보지 못한 것이 못내 아쉽다. 노래는 돌고 도는 것. 어찌 알겠는가. 언젠가 이 노래가 〈아모르파티〉처럼 역주행해 내 마음의 보석 상자에 남게 될지.

윤수일 작곡, 윤수일 노래, 1986년

서울살이 타향살이 외로운 날에
울 엄마가 보고 싶구나
차 창가에 부딪히는 달빛을 보며
엄마 소원 빌어도 본다

서울의 달

서울살이 타향살이 고달픈 날에
울 엄마가 생각이 난다
조물조물 무쳐주신 나물 반찬에
된장찌개 먹고 싶구나

겁도 없이 떠나온 머나먼 길에
보고 싶은 내 고향 눈에 밟힌다

언젠가 서울에 가서 성공을 해서
돌아온다 약속했는데
세상에 울고 웃다가 바쁘다 보니
꿈에서나 갈 수 있구나

서울의 달
바라보면서

서울살이 타향살이 외로운 날에
울 엄마가 보고 싶구나
차 창가에 부딪히는 달빛을 보며
엄마 소원 빌어도 본다

겁도 없이 떠나온 머나먼 길에
남쪽 바다 내 고향 눈에 밟힌다

언젠가 서울에 가서 성공을 해서
돌아온다 약속했는데
세상에 울고 웃다가 바쁘다 보니
꿈에서나 갈 수 있구나

언젠가 서울에 가서 성공을 해서
돌아온다 약속했는데
손편지 한 장 갖고는 너무 모자란
내 인생의 일기를 쓴다

서울의 달
바라보면서

2019년 TV조선 〈미스트롯〉으로 최고의 스타가 된 송가인 앨범에 들어 있는 노래다. 작곡은 트로트를 젊은 층에 어필하는 데 크게 기여한 '알고보니 혼수상태'라는 닉네임을 가진 후배 작곡가 김경범과 김지환이 맡았다.

어느 시대나 고향에서 성공을 다짐하며 서울로 떠나온 청춘이 있기 마련이다. 달동네 옥탑방이나 도심의 반지하 같은 곳에 생활하며 어머니를 그리워하다 언젠가 성공을 해서 고향으로 금의환향하는 꿈을 담은 노랫말이다.

정통 트로트가 아닌 빠르기 90에서 110 정도의 세미 트로트 노래로, 들으면 들을수록 송가인의 애절한 목소리에 빠져들게 된다. 서울의 달 바라보면서….

알고보니 혼수상태 작곡, 송가인 노래, 2019년

비원

핼쑥한 모습이었었지
말하기조차 힘이 들어
침묵의 그 시간이 흘러간 뒤에
마지막으로 내게 하던 말

나보다 못난 사람에게
잊혀져 있던 사람에게
나 전에 사랑했던 그 사람에게
돌아가야만 될 것 같다고

미안하단 말과 함께
흐느끼던 너의 모습
이제 와서 무슨 상관이냐고
따지듯이 이내 절규했지만

나는 아무렇지 않아
너만 행복해 준다면
허나 이 말 한마디만
너를 너무 사랑했어

그 후론 그녀에게 어떤
아무런 소식조차 없죠
하지만 행복할 거라고 믿으며
이 노래 속에
그녈 보내요

까만 안경에 콧수염, 허스키 보이스가 매력적인 박상민에게 멋진 노랫말을 선물하고 싶었다. 박상민의 매니저는 강승호 사장이었는데 당시 일산에서 자주 어울리는 사이였기에 자연스럽게 박상민의 노래를 작업하게 되었다.

이 노래의 작곡은 '조용필과 위대한 탄생'의 베이시스트 이태윤이 맡았다. 처음 멜로디를 건네받았을 때 멜로디 자체만으로도 한 편의 서사시를 읽는 느낌이었다. 발라드 히트곡에 목말라 있던 나는 이번에야말로 이별의 끝판왕 가사를 써보겠다고 두문불출하며 작업에 매진했다.

녹음이 끝나고 노래를 반복하여 들어봤는데 뭔가 아쉽고 할 말을 다 못한 느낌이 들었다. 그 정도면 됐다고 음반 발매를 서두르던 강승호 사장에게 며칠만 더 기다려 달라고 부탁했다. 멜로디를 더 늘릴 수도 없었기에 그냥 후주에다 노랫말을 덧붙여 써보았다. 예상대로 멋들어진 엔딩 가사가 완성되어 다시 녹음을 할 수 있었다. 어느 방송 프로그램에선가 박상민이 자신의 노래 중 최고라고 생각하는 작품이 〈비원〉이라고 했을 때 스스로 뿌듯한 마음을 감출 수가 없었다.

이태윤 작곡, 박상민 노래, 1998년

사랑

그때는 사랑을 몰랐죠
당신이 힘든 것조차
받으려고만 했었던 나
그런 세월만 갔죠

어두운 밤이 지나가고
새벽이 오는 것처럼
오직 날 위한 그 마음을
이제야 느낄 수 있죠

고마워요
오랜 그 시간 끝없는 당신의 사랑
이제 다시 꿈을 꾸어요
모든 걸 드릴게요

하루하루 당신 볼 때마다
난 다시 태어나죠
천 번 만 번 하고 싶은 말
듣고 있나요
사랑해요

좋은 제목을 찾기 위한 노력은 작사가에게 필수적이다. 2007년 노사연이 불러 히트한 이 노래는 노랫말을 다 써 놓고도 제목을 정하지 못해 많은 날을 고민했던 작품이다. 노사연 특유의 시원한 가창력에 우수에 젖은 듯한 목소리가 노랫말과 잘 어울렸기에 멋진 제목을 붙여보고 싶었다. 그러나 좀처럼 제목을 정하지 못하고 시간만 보내고 있었다. 어느 날, 친한 교수들과 이 노래를 들으며 제목을 정하지 못해 고민이라고 했더니 어느 교수가 '사랑'이 어떠냐고 말해주는 것이었다.

그 순간 귀가 번쩍 뜨였다. 맞다, 사랑이라는 제목이야말로 최고의 제목이 아닌가 싶었다. 김범룡이 작곡한 이 노래는 그렇게 하여 무사히 발표할 수 있었고, 부부 사이에서 서로 마음을 고백하는 노래로 사랑받게 되었다. 문명재, 박용구 교수님 감사합니다.

김범룡 작곡, 노사연 노래, 2007년

남자답게 사는 법

크게 한번 웃어봐 멀리 앞을 바라봐
나 혼자면 어때 하고 생각해
남자답게 그렇게

술 마시지 않기
방황하지 않기
다짐했던 나지만
앞에 가는 연인 너무 다정해서
내 마음이 흔들려

나에게도 한때 사랑했던 여인 추억들도 많지만
내 곁에서 이미 떠나간 지 오래야

지금 이 시간 내가 슬퍼한다고 해도
누구 하나 위로해줄 사람 없잖아

앞만 보고 걸어가
멀리 앞을 바라봐
내 모습이 성공으로 빛날 때
사랑해도 늦지는 않아

크게 한번 웃어봐

멀리 앞을 바라봐

나 혼자면 어때 하고 생각해

남자답게 그렇게

1994년 탤런트이자 가수 김영배가 불러 히트한 노래다. 작곡은 〈바람 바람 바람〉을 부른 절친한 가수 김범룡이 맡았다. 김범룡과 나는 1980년대 중반 수많은 밤을 지새우며 노래와 인생 이야기로 거의 매일 만났다. 자연스럽게 내가 작사를 맡은 노래를 김범룡이 맡아 작곡하게 되었다.

김범룡의 멜로디는 새로움과 파격으로 내 마음을 사로잡았다. 그 당시 신선하면서 파격적인 노랫말을 만들기 위해 고민하던 중 '남자답게 사는 법'이라는 다소 노래 제목 같지 않은 화두를 꺼내 노랫말로 만들어보았다. 작품이 완성되고 나서 김범룡과 나는 매우 만족스러웠다. 그래서 어떤 가수가 불러도 히트할 것이라고 호언장담하곤 했다. 그러던 어느 날 드라마 〈한 지붕 세 가족〉에서 무명가수 '팔복' 역할을 맡아 인기를 끌었던 김영배에게 노래를 주게 되었고, 김영배는 드라마 속 역할이던 무명가수의 한을 이 노래로 멋지게 풀 수 있었다.

훗날 KBS2 〈불후의 명곡〉에서 아이돌 그룹 'B1A4'의 산들과 바로가 출연해 이 노래로 우승을 하며 다시 한번 화제가 되기도 하였다.

김범룡 작곡, 김영배 노래, 1994년

블링블링

만남은 인연의 시작
추억은 세월의 흔적
결혼은 연애의 선물
행복은 지금 이 순간

입술아
어서 말을 해
나 없이 못 산다고
나만을 사랑한다고

이렇게 애원할 때가
눈앞에 있을 때가
따뜻한 봄날인 거야

거울아
어서 말을 해
내가 제일 예쁘다고
내가 제일 매력 있다고

혹시나 해보지만

역시나 기대만큼
원한 말을 들을 수 없어

이 세상사가 다 그래
간절히 원할 때는 더디고
마음을 비우니까
어느새 눈처럼 녹아들잖아

오늘은 Party Party
한 번뿐인 인생
나를 더 사랑하며 살 거야

더 많이 많이 행복하고 싶어
이렇게 하루하루
블링블링

세월아
샘을 내지 마
비결이 무어냐고
내 나이 안 보인다고

그전엔 몰랐지만 앞으로 사는 동안
너를 의식하지 않을래

이 세상사가 다 그래
간절히 원할 때는 더디고
마음을 비우니까
어느새 눈처럼 녹아들잖아

오늘은 Party Party
한 번뿐인 인생
나를 더 사랑하며 살 거야
더 많이 많이 행복하고 싶어
이렇게 하루하루
블링블링

오늘도 Party Party
청춘은 다시 다시
뭐든 생각하기 나름이지

행복은 많이 많이
사랑도 많이 많이
이렇게 오늘도
블링블링

〈아모르파티〉가 워낙 크게 히트하여 후속곡의 작품 의뢰를 받았을 때 몹시 부담스러웠다. 이번에도 윤일상 표 빠른 비트의 신나는 곡이었는데 주어진 시간 안에 노랫말을 완성할 수 있을까 그 어느 때보다 불안과 조바심으로 밤샘 작업이 길어져만 갔다.

그러다 여러 명의 작사가가 경쟁적으로 작품을 쓰고 있다는 얘기를 듣고, 마음을 비우고 쓰다 보니 원하는 노랫말이 나오게 되었다. 이 노래는 남녀노소 불문하고 오늘을 열심히 살아가는 사람들의 인생을 응원하는 노랫말이다. 김연자도 〈아모르파티〉처럼 밝은 인생 찬가를 주문했던 것이다. 누구나 한 번뿐인 인생 이렇게 하루하루 블링블링한 인생을 꿈꾸며….

윤일상 작곡, 김연자 노래, 2019년

당신은 누구세요

눈물 많은 여자예요
정도 많은 여자예요
당신의 바람 속에 비구름 되어가는
연약한 여자입니다

여자 마음을 어떡하라고
내 마음을 울리시나요

나의 가슴에
등불을 밝혀준

당신은 누구세요

거울 같은 여자예요
꿈도 많은 여자예요
당신의 향기 속에 꽃나비가 될 수 있는
연약한 여자입니다

여자 마음을 어떡하라고
내 마음을 울리시나요

나의 가슴에
정을 피워준

당신은 누구세요

●────────────────────────

1984년 발표한 김수희 4집 앨범의 타이틀곡이다. 작사가
초창기 시절부터 친분이 있어 가수 김수희의 집에서 많은
날을 기거하며 작품을 쓰던 시절이었다. 최고의 작사가이
자 작곡가인 김중순 선생이 작곡하신 멜로디를 받고 가사
를 덧붙인 작품이다.

　김수희는 노래뿐만 아니라 작사, 작곡, 소설, 영화감독까
지 못하는 것이 없는 대단한 팔방미인 연예인이자 예술가
이다. 그의 수많은 히트곡 속에 내 작품의 흔적을 남겨 늘
감사하다는 생각을 하곤 한다.

　어느 방송 프로그램에 김수희와 같이 출연한 적이 있었
는데 사회자가 그녀에게 이건우는 어떤 사람이냐고 물었
다. 그녀는 웃으면서 "내가 정말 밥을 많이 해준 작사가다.
그 힘으로 가사를 지금까지 쓰나 보다."라고 답했다. 김수
희의 그 말이 반가웠다.

　맞습니다, 맞고요. 고맙고 고맙습니다. 그 힘이 정말 오
래가네요.

김중순 작곡, 김수희 노래, 1984년

늦은 재회

뭐라고 말 좀 해봐요
내 곁에 가까이 와요
당신의 미소 띤 얼굴엔
어느새 눈물자국이

눈감아 잊지 말아요
아껴온 추억들인데
이제 와 생각하면
순전히 모두가 내 잘못이죠

그토록 오랜 세월
당신은 어디서 무엇을 했나
이제 와 우리 서로
이제 와 우리 서로 어디쯤일까

만나지 말아야 해요
아무리 보고 싶어도
언젠가 오늘처럼
우연히 만날 수 있을 때까지

1985년 〈내 마음 당신 곁으로〉 〈당신〉을 불러 크게 히트한 김정수가 부른 노래다. 김정수는 그룹 '김정수와 급행열차' 출신으로 실력 있는 보컬리스트이다. 성격도 시원시원해 자주 만나던 사이었는데 〈당신〉이란 노래가 워낙 크게 히트해 후속곡을 만드는 데 부담이 클 수밖에 없었다.

함께 작업할 작곡가를 찾아다니며 곡을 수집하던 때였고, 그 당시 KBS 〈아침마당〉으로 유명해진 심수천을 만나 완성한 곡이다.

1980~90년대에는 지구 레코드 녹음실, 동부이촌동 서울 스튜디오, 장충동 장충 스튜디오에서 젊은 시절을 다 보냈다고 해도 과언이 아닐 것이다. 작사와 작곡, 편곡이 끝난 후 가수가 녹음을 마치고 나면 믹싱이라는 엔지니어의 수고가 절대적으로 필요했다. 그 당시 정도원이라는 유명 엔지니어의 현란한 손동작이 눈에 선하다.

심수천 작곡, 김정수 노래, 1991년

그대 뺨에 흐르는 눈물

나 이렇게 울지만 슬프지는 않아요
언젠가는 그날이 다시 돌아오는데

떠나가는 너에게 무슨 말을 하나요
우리들의 사랑이 멀어지고 있는데

이젠 사랑할 수 없어요
차라리 웃어봐야지

그러나
그대 뺨에 흐르는 눈물은 어이하나

흔들리는 이 마음 난 어떻게 하나요
우리들의 사랑이 멀어지고 있는데

1982년 전영록의 종이학 앨범에 수록된 작품이다. 그 앨범에는 모두 12곡이 수록되었는데 건전 가요를 제외한 11곡의 작사를 모두 내가 맡았으니 평생 잊지 못할 소중한 앨범이 아닐 수 없다. 보문동 전영록의 집에 기거하면서 심혈을 기울여 만들었기에 애착이 더 많이 가는 작품이다.

지구 레코드사에서 발매한 앨범인데 제목을 정할 때 전영록과 의견이 일치하지 않아 곤혹을 겪은 일이 생각난다. 나는 '그대 두 뺨에 흐르는 눈물'이라는 제목을 끝까지 고수했고, 전영록은 '그대 뺨에 흐르는 눈물'을 주장했다. '그대 두 뺨'이냐 '그대 뺨'이냐를 두고 마지막까지 서로의 주장을 굽히지 않았으나 끝내 전영록의 말을 따르지 않을 수 없었다. 40여 년이 지난 지금 그 당시 나의 주장을 관철하지 못한 일이 얼마나 다행인지 모른다. 이 노래의 제목은 〈그대 뺨에 흐르는 눈물〉이 맞았다.

전영록 작곡, 전영록 노래, 1982년

못다 한 고백

내 가슴속에
남아 있는 그대
창밖에 비가 오면
내 곁으로 돌아오려나

우리가 앉아 있던 자리에
슬픔의 그림자
안개처럼 쌓이고

기억의 문을 열고 들어와
쓸쓸히 떠나는 그대

아직은 이별이 아니야
하루도 잊은 적이 없어
무엇이 지난날의 추억을
새롭게 하는지

아직은 이별이 아니야
못다 한 고백이 있어

눈물에 묻혀버린 이야기
사랑했다는 그 말

1992년 양수경 3집에 수록된 노래다. 이미 1991년부터 〈사랑은 차가운 유혹〉으로 함께 작품을 만든 터라 좀 더 의미 있고 오래 남을 만한 노랫말을 써보고 싶었다.

〈당신은 어디 있나요〉 〈이별의 끝은 어디인가요〉가 히트하는 바람에 묻혀버린 노래지만 양수경의 팬이라면 이 노래의 작사, 작곡, 편곡의 완성도를 인정했을 것이다. 심혈을 기울인 작사에 신동우의 작곡, 그리고 당시로서는 파격적인 일본 뮤지션들이 대거 참여해 녹음한 노래이기 때문이다.

1998년 결혼과 동시에 대중 앞에 나서지 않았던 그녀가 2017년 어느 날 나에게 연락했다. "선생님, 뭐해?" 그날 우리는 밤늦도록 술잔을 기울였고, 나는 그녀의 인생이 더 이상 휘청거리지 않도록 힘이 되어주기로 다짐했다.

그리고 2017년 음악 프로그램 KBS 〈불후의 명곡〉으로 컴백한 그녀를 누구보다 기쁜 마음으로 바라보았다. 그날의 우승은 〈못다 한 고백〉을 부른 이영현이 차지했기에 반가움이 배가 되었다. 음악에 대한 열정만큼은 둘째라면 서러워할 그녀이기에 대중의 큰 사랑을 받는 히트곡으로 우뚝 서리라는 것을 의심해본 적이 없다. 요즘 전화기에서 그녀 목소리가 자주 들린다. "선생님, 가사 나왔나요?"

신동우 작곡, 양수경 노래, 1992년

여자야

여자야 여자야
너는 아직 모르지
울고 있구나
여자야
약해지면 안 돼

한동안 못 본다고 잊혀지겠니
하룻밤의 정도 아닌데

간다는 말도 없이
온다는 기약 없이
그렇게 떠나갔지만

돌아올 거야
여자야
약해지면 안 돼

여자야 여자야
너는 아직 모르지
웃고 있구나

여자야
흔들리면 안 돼

한동안 못 본다고 어디 가겠니
하룻밤의 정도 아닌데

간다는 말도 없이
온다는 기약 없이
그렇게 떠나갔지만

기다려야지
여자야
흔들리면 안 돼

여자야 여자야
약해지면 안 돼

1991년 그룹 '백두산'의 리더 유현상이 트로트 가수로 깜짝 변신하여 장안의 화제를 낳은 노래다. 지금처럼 트로트라는 장르가 전방위적인 인기를 끌고 있던 시기도 아니었기에 유명 록커의 변신은 '모 아니면 도'의 일대 모험이 아닐 수 없었다.

마포의 한 호텔에서 유현상과 머물며 창작에 몰두할 즈음 유현상은 당시 최고의 수영 스타 최윤희를 만나고 있었다. 자연스럽게 나도 그 자리에 합석하는 시간이 많아졌고 최윤희의 선배까지 넷이서 자주 어울리게 되었다. 그러던 어느 날 유현상과 최윤희는 봉선사라는 절에서 극비리에 결혼식을 올리게 된다. 몇 안 되는 하객 중 한 사람으로 참석한 나와 최윤희의 선배도 덩달아 스포츠 신문에 실려 유명세를 치렀다.

〈여자야〉라는 노래가 라디오에서 한창 들리기 시작할 때였는데 유현상과 최윤희의 결혼에 묻혀 이 노래는 점점 빛이 바래고 만다. 이 앨범에 〈여자야〉 말고도 여러 편의 노랫말을 써주었는데 단 한 푼의 작품료도 받지 못했다. 그도 그럴 것이 유현상, 최윤희 커플과 같이 만났던 최윤희의 선배 안희경과 1992년 10월 28일 대방동 해군회관에서 결혼식을 올렸기 때문이다. 작품료도, 축의금도 필요 없던 내 인생의 노래 〈여자야〉. 우리 둘의 웨딩마치였던 것이다.

유현상 작곡, 유현상 노래, 1991년

애가 타

이대로 나를 바라봐
눈으로 나를 안아줘

만날 때마다 자꾸만
가슴이 먼저 하는 말

사랑에 빠진 건가요
어떻게 하면 좋아요

이제는 아닌 척해도
아무런 소용이 없어

그냥 바라만 봐도
애가 타

마음이 너무 아파서
애가 타

이러는 게 아닌데 흘린 눈물 때문에
사랑하는 마음 들켜버렸어요

가까이 내게 와줘요
뭐라고 말 좀 해봐요

이렇게 애가 타도록
사랑하고 있는데

2003년 〈어머나〉의 빅히트로 최고의 가수 반열에 오른 장윤정이 2008년 발표한 노래다. 장윤정이 신인일 때 제작자 홍익선 사장과 앨범 전체를 작업하기로 하였는데, 미니 앨범 형식으로 낸 〈어머나〉가 히트하는 바람에 그녀와 더 이상의 만남을 가질 수가 없었다.

그러다가 〈고향역〉〈남자라는 이유로〉의 명작곡가 임종수 선생과 여러 작품을 발표하면서 장윤정에게 맞는 멜로디를 만들어 달라고 말씀드렸다. 그래서 멜로디가 먼저 완성되고 오선지 위에 써 내려간 노랫말이 〈애가 타〉이다. 비록 5년 늦게 장윤정이라는 가수를 만날 수 있었지만 대중의 반응이 뜨거웠기에 작사가로서 보람을 느끼게 해준 작품이다. 어느 날 작곡가 임종수 선생이 놀라운 조크로 나를 기절시켰다.

"요즘 유모차 노래 많이 나오더라." "네? 무슨 말씀이신지." "애가 타, 그러니까 유모차지."

임종수 작곡, 장윤정 노래, 2008년

꽃이 된 여자

그래 나야,
하며 속삭여줄 것 같아
멍하니 내 손의 핸드폰을 바라보고 만져보고 눌러보네

아 내 방식대로만 사랑하다 그렇게 된 걸
시간은 기억 속에 멈춰 서 있네

오늘도 거울 앞에 화장을 하면
왠지 만날 것만 같은데
추억 많은 이 거리 나 홀로 서 있네
다시 돌아와 줘 내 곁에

가을에는 가을의 여자가 되어
겨울에는 겨울의 연인이 되어
당신의 여인으로 남고 싶어서

꽃이 된 여자
꽃이 된 여자

한 번 더 나를 꼬옥

안아줘요

잘 지내지,
하며 보내온 메시지에
기다린 그 말이 아냐 보고 싶어 라고 하면 안 되나요

자존심 때문에 아파하다 그렇게 된 걸
다 내가 사랑할 줄 몰라서 그래

오늘도 거울 앞에 화장을 하면
왠지 만날 것만 같은데
추억 많은 이 거리 나 홀로 서 있네
다시 돌아와 줘 내 곁에

가을에는 가을의 여자가 되어
겨울에는 겨울의 연인이 되어
당신의 사람으로 남고 싶어서

꽃이 된 여자
꽃이 된 여자

한 번 더 나를 꼬옥
안아줘요

1983년 〈종이학〉〈논개〉를 쓰고 겨우 작사가로 명함을 내밀던 때였다. 그 시절에 스타인 계은숙을 만났다. 1977년 광고 모델로 데뷔하여 〈노래하며 춤추며〉〈기다리는 여심〉을 연속으로 히트시키며 스타의 자리에 우뚝 선 가수였다. 그녀의 성격이 좋아서인지 금세 친구가 되었다. 그녀의 노래를 10여 곡이나 만들고 녹음까지 마쳤으나 앨범을 발표하지는 못했다.

돌연 일본으로 건너간 계은숙은 일본의 유명 작곡가 하마 케이스케를 만나 〈참새의 눈물〉 같은 수많은 곡을 히트시키며 일본 최고 가수의 자리에 올랐다. 그 소식을 접한 나는 그녀의 공연을 보러 일본으로 갔다. 도쿄에 있는 그녀의 저택에 머무르며 전 일본 투어 공연을 관람하며 그녀의 위상과 수준 높은 공연 문화에 충격을 받았다. 이후 일본에서 돌아온 계은숙과 신곡 앨범을 준비하기도 하였으나 예상치 못한 일로 끝내 방송으로는 들을 수 없었다.

단 한 번도 방송에 나오지 못한 노래가 바로 〈꽃이 된 여자〉다. 세월이 꽤 오래 흘렀지만 이 노래를 들을 때마다 하늘이 내린 목소리, 가슴을 파고드는 그녀의 허스키한 목소리에 전율을 느낀다.

나카무라 타이지 작곡, 계은숙 노래, 미발표

천년애

두 눈을 감아도
내 눈엔 다 보여
그 어디에 있더라도

백 년이 흘러도
천 년이 흘러도
이 사랑은 끝이 없죠

하루 종일 이유 없이 눈물이 나

사랑이 사랑을 아프게 한 거라면
그 아픈 상처가 되돌아갈지 몰라
그건 안 돼

바람처럼 내가 살다가 가는 날
그때가 되면 안겨질까
하늘이여
다시 시작할 수 있게
제발 내 곁에 있어줘

전생에 못다 한 숨겨진 사랑을
어떡하면 좋을까요
내 눈이 멀어도
내 몸이 묶여도
멈출 수는 없는 거죠

하루 종일 멀어질까 두려워져

사랑이 사랑을 아프게 한 거라면
그 아픈 상처가 되돌아갈지 몰라
그건 안 돼

바람처럼 내가 살다가 가는 날
그때가 되면 안겨질까

하늘이여
다시 시작할 수 있게
제발 내 곁에 있어줘

평소 가수는 음색, 즉 목소리의 색깔이 중요하다는 생각을 자주 하곤 한다. 어떤 음색이 대중에게 어필할까를 관찰하며 가수를 찾기 때문이다. 남자면서 여자 키로 노래를 부르는 미성의 끝판왕 조관우가 2007년 SBS 드라마 〈왕과 나〉의 주제가로 불러 히트한 노래다.

가끔 드라마 주제가를 발표하기도 한다. 드라마의 주제가인 만큼 노랫말을 만들 때는 드라마에서 남녀의 가장 애틋한 장면을 상상하며 노랫말을 쓴다. 오준성이라는 드라마 음악의 대가가 작곡한 이 노래는 드라마에서 큰 인기를 얻었지만, 방송에서 직접 부르는 것을 자주 들을 수 없었다.

히트한 노래가 자주 들리지 않을 때는 두 가지 이유가 있다고 생각한다. 가수가 제작자와 결별해 다른 제작자를 찾는 중이거나, 잠시 휴식기를 가지며 또 다른 신곡을 준비 중일 것이다. 그래도 조관우 표 발라드로 심장에 이 노래가 깊이 자리하고 있을 거라는 생각을 하며 이어폰을 꽂고 이 노래를 듣곤 한다. '음~ 정말 좋은 목소리를 타고났구나.'

오준성 작곡, 조관우 노래, 2007년

통화 중

I LOVE YOU I NEED YOU
I WANNA HOLD YOU
더 이상 무슨 말이 필요해

I LOVE YOU I WANT YOU
I'LL NEVER LET YOU GO
너만을 사랑해

너만을 사랑했어

인파에 묻혀 수화기를 들었네
오늘도 그 마음은
통화 중

친구를 시켜 다시 한번 걸었네
여전히 그 마음은
통화 중

한 번의 실수가 이렇게
그대와 나를 멀어지게 했나

이제야 알았어 너의 마음을
나만을 사랑했던 너

I LOVE YOU I NEED YOU
I WANNA HOLD YOU
더 이상 무슨 말이 필요해

I LOVE YOU I WANT YOU
I'LL NEVER LET YOU GO
너만을 사랑해

너만을 사랑했어

그대의 마음은 어디로
그 누굴 생각하고 있나
왜 나를 자꾸만
가슴이 아프게 하는 거야

I LOVE YOU I NEED YOU
I WANNA HOLD YOU
더 이상 무슨 말이 필요해

I LOVE YOU I WANT YOU
I'LL NEVER LET YOU GO

너만을 사랑해

I LOVE YOU I NEED YOU
I WANNA HOLD YOU
이렇게 너를 사랑하잖아

I LOVE YOU I WANT YOU
I'LL NEVER LET YOU GO
너만을 사랑해

너만을 사랑했어

서울올림픽이 열린 1988년 '소방차'가 불러 히트한 노래
다. 소방차는 남성 3인조로 구성된 아이돌 그룹의 원조라
고 할 수 있다. 작곡가 유영선과 한창 일하던 시절 소방차
신곡을 의뢰받고 머리를 맞대었다. 서울올림픽을 맞이해
우리 가요도 이제 영어를 섞어 노래를 만들어보자는 데 공
감해서 제법 영어를 많이 넣어 만든 노래다. 예상은 적중
했고 청소년층의 폭발적인 인기를 얻으며 빅 히트하는 기
염을 통했다. 내가 쓴 노랫말 중 영어가 이렇게 많이 들어
간 노래는 더는 없다.

유영선 작곡, 소방차 노래, 1988년

화려한 싱글

결혼은 미친 짓이야
정말 그렇게 생각해
이 좋은 세상을 두고
서로 구속해 안달이야

친구로 만날 수 있는
그런 이혼도 정말 싫어
좋다가 싫어진다면
떠날 수 있겠지만

아 모두 미쳤나 봐 그런가 봐
왜 자꾸 머뭇거려
날 그냥 버릴 거니 가질 거니
그것만 확인하면 돼

모두 영원하자 약속하지
어이가 내 뺨을 때려
날 그냥 내버려둬 책임 못 져
더 이상 부담 주지 마

재혼도 미친 짓이야
정말 그렇게 생각해
이 좋은 세상을 두고
서로 구속해 안달이야

모두 영원하자 약속하지
어이가 내 뺨을 때려
날 그냥 내버려둬 책임 못 져
더 이상 부담 주지 마

정말 영원한 건 없는 거야
날 띄엄띄엄 보지 마
날 그냥 내버려둬 책임 못 져
난 화려한 싱글이야

결혼은 결혼은 판단력 부족
이혼은 이혼은 인내심 부족
재혼은 재혼은 기억력 부족

정말 미치겠다 그런가 봐
난
화려한 싱글이야

2003년 양혜승이 불러 히트한 노래다. 어느 날 신철 프로듀서가 곡을 하나 전해주었는데 처음에는 그것이 팝송인 줄 모르고 노랫말을 붙였다. 외국 작곡가의 곡에는 아무리 창의적인 작사를 해도 저작권을 인정받지 못한다. 그렇기 때문에 외국 곡에는 절대로 작사를 할 수 없는 입장이었다. 일본에서 히트한 노래 십여 곡을 작사한 음반을 발표한 적이 있었는데 단 한 편도 한국음악저작권협회에 등록조차 할 수 없었다.

작사를 마치고 신철 프로듀서에게 외국 곡이라는 얘기를 들었지만 이미 녹음이 끝난 상황이었기에 음반을 출시할 수밖에 없었다. 발표하자마자 나이트클럽에서 쉴 새 없이 노래가 들리더니 지금까지 애창되는 노래가 되었다. 결혼이 늦어지는 세태를 풍자해 결혼 적령기를 넘긴 솔로들에게 힘을 주고자 만들었던 노랫말이다. 그런데 정말 화려한 싱글이 있기나 한 것일까?

외국 곡, 양혜승 노래, 2003년

슬픈 사랑의 새 이야기

슬픈 사랑의 새 이야기를 아니?
샘물이 몸을 적시고 환하게 날갯짓하다가
멀리로 떠나간 키 작은 새
영혼의 새
그 슬픈 사랑의 새 이야기를 아니?

가는 허리
예쁘게 반짝이는 눈
만지면 입을 크게 벌려 웃음 짓던 부리
아
부드러운 깃 내 몸을 녹여주던 키 작은 새
은빛 사랑의 새여

고수한 고귀함
제 피어나지 못하는 눈물이어도

하얀 몸 예쁘게 태워줘
하얀 마음 예쁘게 태워줘
그래서
겨울에도 날 수 있는 향내가 되게 해줘

허구한 날 바쁜

힘든 생

가만히 하루가 내리면 이렇게도 생각이 나는

그래

넌 키 작은 새 이야기를 아니?

세상에서 제일 슬픈

이런 사랑의 새 이야기를 아니?

〈솔개〉〈고니〉〈타조〉 등 새 시리즈 노래를 히트시킨 가수 이태원과 방배동 카페 솔개라는 아지트에서 오랫동안 만나며 청춘을 보냈다. 어느 날 신곡 앨범에 관하여 얘기하던 중 이태원이 이번 앨범에 나의 목소리로 시 낭송을 해보라는 것이었다. 많은 가수에게 노랫말을 써준 작사가로서 의외의 제안에 불안과 설렘이 교차했다.

그래서 100여 권이 넘는 지난날의 일기장을 넘겨보다가 학창 시절에 쓴 한 편의 시를 발견하고 그 시로 낭송하였다. 몇십 년 만에 음반을 다시 들어보니 앳된 스물여덟 살 청년 이건우의 목소리가 들렸다. 순간 주마등처럼 떠오르는 내 젊은 날의 이야기. 〈슬픈 사랑의 새 이야기〉는 40여 년 동안 작사하며 유일하게 내 목소리가 실린 특별 음반이다.

이건우 낭송, 1988년

5호선 여인

아닐 거야 아니겠지
하지만 자꾸 돌아보게 돼

그 어느 날
지하철 5호선에서
우연히 마주친 여인

눈인사를 건넸지만
쓸쓸히 바라만 보다

어느 역이었나
어느 역이던가

총총히 내리면서 뒤돌아볼 때
맺힌 눈물 나는 보았네

아
5호선 여인

TBS 라디오 〈최일구의 허리케인〉에서 일요일마다 '우리 가요 알고 가요'라는 코너의 진행을 맡았다. 최일구 앤디 (앵커+DJ)와 동갑이기도 해서 재미있게 진행하고 있다.

어느 날 선곡 대왕 김경래 피디가 최일구 앤디에게 곡을 주라고 부탁했다. 그래서 방송에서 가사를 공모해 받아보기도 했지만 이렇다 할 가사가 없어 며칠 밤을 새워 노랫말을 완성했다. 작곡은 가수 추가열에게 의뢰하였다.

그러나 몇 번 방송해보지도 못하던 차에 〈미스터트롯〉 출신으로 인기를 얻은 류지광이 이 노래를 부르고 싶어 해 결국 류지광의 노래가 되고 말았다. 최일구 앤디에게는 한 곡 더 주어야 한다는 숙제가 생겼지만 노래의 임자는 따로 있다는 진리를 다시금 깨달았다. 그리고 이 자리를 빌려 허리케인에서 정으로 뭉친 최일구 앤디, 김경래·김현우 피디, 강세희·박수지 작가에게 고맙다는 말을 꼭 전하고 싶다. "여러분 덕분에 방송 출연이 재밌어졌어요."

추가열 작곡, 류지광 노래, 2020년

사랑하시렵니까?

사랑
사랑하시렵니까?
나를 정말 정말로

사랑을 하다가 만다면
아니한만 못합니다

열 손가락 깨물어서 안 아픈 사랑
안 아픈 사랑 없다는데
나는 아직 깨문 적 없어

그런데도 날
그런데도 날

사랑
사랑하시렵니까?

좋아
좋아하시렵니까?
한번 믿어볼까요

사랑을 하다가 떠나면
내 마음에 상처랍니다

열 손가락 깨물어서 안 아픈 사랑
안 아픈 사랑 없다는데
나는 정말 자신이 없어

그런데도 날
그런데도 날

사랑
사랑하시렵니까?

MBC의 어느 프로그램에서 트로트 신동 심사를 맡았는데
트로트를 잘하는 어린 친구들이 많이 나와서 심사 내내 즐
겁고 신기했다. 최종 우승한 친구에게 나의 노랫말에 박토
벤(박현우) 작곡, 정차르트(정경천) 편곡의 신곡을 선물하기
로 하여 탄생한 노래다. 결선까지 엎치락뒤치락하던 끝에
전유진 학생이 최종 우승해 신곡의 주인공이 되었다.

　노래 제목에 신경을 많이 썼는데 〈사랑하시렵니까?〉라
는 제목을 뽑아내고 단숨에 써 내려갔다. 박토벤이 정말
15분 만에 작곡하는 장면을 목격했고, 천재 편곡가 정차르
트의 지원으로 기억에 남을 노래가 세상에 나왔다.

박현우 작곡, 전유진 노래, 2020년

외로운 사람들은 어디로 가나
마음이 다 젖도록 비를 맞으며

사랑한 사람들은 어디로 가나
그리는 마음이야 하늘 같은데

파트너

일 년 삼백육십오 일 동안
우린 멋진 파트너야
많고 많은 사람 중에 최고
둘도 없는 파트너야

그래그래 맞아
볼 때마다 미쳐
너무 좋은 파트너야

얼마나 기다리고 기다려서
우리가 만난 거야
첫눈에 딱 보는 그 순간
너는 이미 나의 파트너

그냥 멀리서 바라만 봐도
두근두근 내 가슴은 뛰네
COME ON COME ON
더 이상 어떻게 좋아

일 년 삼백육십오 일 동안

우린 멋진 파트너야
많고 많은 사랑 중에 최고
둘도 없는 파트너야 그대

그래그래 맞아
볼 때마다 미쳐
너무 좋은 파트너야
그대

초등학교 시절 〈님과 함께〉라는 노래를 따라 부르던 꼬마가 훗날 가요계의 대스타 남진의 노래를 만드는 작사가가 될 줄 상상이나 했겠는가. 가요계에 입문하여 신촌뮤직 장고웅 대표의 소개로 몇 번 만난 적은 있었지만 좀처럼 가요계의 전설 남진의 노래를 만들 기회가 오지 않았다.

그러던 어느 날 평소 친하게 지내던 가수 임수정의 소개로 작곡가 차태일을 만나고 생애 최초로 대가수 남진의 노래를 작사하게 된 것이 2014년 발표한 〈파트너〉다. 처음에는 그리 알려지지 않았으나 2019년 TV조선 〈미스터트롯〉에서 정동원과 장민호가 불러 2020년 7월 유튜브 조회 수 760만 회를 기록하는 히트곡이 된다. 세월이 흘러도 언제나 최고의 전성기를 누리고 있는 남진이 가끔 전화로 이렇게 말한다. "건우야, 멋진 히트곡 하나 더 내보자잉."

차태일 작곡, 남진 노래, 2014년

내가 선택한 길

비가 내릴까
저 하늘 끝에서
아쉬움이
기억을 부르네

이런 날이면
내 마음이 서러워
떠나버린 너를
한 번 더 생각해

끝없는 길을
나 혼자 걸을까
추억으로
외롭긴 하지만

가려진 숲속에
알 수 없는 미래와
안타까운 시간이
힘들게 느껴져

나는 두렵지 않아
더 많은 시련도
어차피 내가
선택한 길인데

혹시 미련이라도
내게 보일 수 있다면
너의 곁으로 난 달려갈 텐데

이뤄질 수 없는 바람일 뿐이야
울고 싶어 하지만
어쩔 수가 없는
현실일 뿐이야

1995년 롤라의 〈날개 잃은 천사〉를 히트시키며 댄스곡 작사에 열을 올리던 시절이었다. 롤라의 제작자 이상석 대표가 하루는 노래도 잘하고 정말 재능 있는 친구라고 소개한 사람이 있었는데, 그 사람이 바로 탁재훈이다. 그래서 탁재훈의 데뷔곡으로 만든 것이 〈내가 선택한 길〉이다. 그 시절 방송국에 탁재훈을 직접 데리고 다니며 인사를 시키고 프로그램도 잡아주곤 했다.

드디어 탁재훈의 첫 방송으로 당시 인기 있던 라디오 생방송에 출연시켰다. 그런데 엄청 재미있을 거란 기대와 달리 평범한 인터뷰로 시종일관 묻는 말에만 대답하다 시간이 흘러가버렸다. 홍보할 수 있는 좋은 기회인데 날려버린 듯해서 속이 상했다. 방송이 끝난 후 탁재훈을 불러 싫은 소리 몇 마디를 한 게 지금까지도 마음에 걸린다.

그로부터 몇 년 되지 않아 탁재훈은 특유의 입담으로 승승장구하며 예능 프로의 절대 강자로 군림하기 시작하였다. 얼마 전 탁재훈과 몇십 년 만에 전화 통화를 하게 됐다. "탁재훈, 방송에서 재미있게 말 잘하는 방법 좀 가르쳐줄래?"

최준영 작곡, 탁재훈 노래, 1995년

148

내게 온 트롯

내게 온 트롯
내게 온 트롯
너무너무 설렙니다

자꾸 부르고
또 들어봐도
내 입술에 착 감기네요

볼을 꼬집어
아픈 걸 보니
정말 꿈은 아닌가 봐요

바람 따라 구름 따라
흘러가는 인생
벼락같이 찾아온 멜로디

앙! 찾았다
내 운명 내게 온 사랑
앙! 찾았다
내 운명 내게 온 트롯

내게 온 트롯
내게 온 트롯
두근두근 두근거려요

어깨가 들썩
가슴이 쿵쿵
끝내주는 3분 30초

바람 따라 구름 따라
흘러가는 인생
벼락같이 찾아온 멜로디

앙! 찾았다
내 운명 내게 온 사랑
앙! 찾았다
내 운명 내게 온 트롯

2020년 여러 장르의 유명 가수들이 처음 트로트에 도전하는 방송 프로그램에 패널로 출연했다. 그 프로그램이 〈내게 ON 트롯〉이었다. 방송에 출연하자마자 제목이 너무 마음에 들어 노래를 만들고 싶어졌다. 그래서 방송사의 허락을 얻어 노랫말을 만들었는데 가수는 이미 내 마음에 정해놓았다. 트로트 신동 프로그램에 출연해 탁월한 가창력과 무대 매너로 나를 깜짝 놀라게 한 당시 초등학교 5학년 김수빈이었다.

훗날 대한민국 최고의 트로트 가수가 되리라는 것을 확신하였기에 김수빈 어린이에게 누구보다 먼저 최초의 신곡을 선물해주고 싶었다.

작곡은 헬로카봇을 만들고 터닝메카드를 발명한 장난감 대통령 최신규 총감독이 맡아 김수빈에게 딱 맞는 경쾌한 리듬의 멜로디를 입혀주었다.

노랫말이라는 것이 동기가 명확하게 생기면 운명적으로 써지는 경우가 있다. 내가 쓴 작품 중 최연소 가수가 부른 노래가 바로 〈내게 온 트롯〉이다.

최신규 작곡, 김수빈 노래, 2020년

어디로 가나

외로운 사람들은 어디로 가나
마음이 다 젖도록 비를 맞으며

사랑한 사람들은 어디로 가나
그리는 마음이야 하늘 같은데

자주자주 뒤돌아보면서
누군가를 불러보는데

외로워서 떠나야 하나
사랑해서 떠나야 하나

우리들 외로우면 어디로 가나
마음이 다 젖도록 비를 맞으며

사랑한 사람들도 어디로 가나
그리는 마음이야 하늘 같은데

1981년, 오직 작사가가 되고 싶다는 열망으로 100여 편의 가사를 만들어놓고 유명 작곡가의 사무실을 찾아다니던 중 윤시내의 〈열애〉, 최백호의 〈내 마음 갈 곳을 잃어〉를 만든 최종혁 선생을 만났다. 무교동에 있는 티파니라는 음악 살롱에서 악단의 지휘를 맡고 있는 최종혁 선생을 만나기 위해 시간이 날 때마다 그곳을 자주 찾았다.

최종혁 선생께 노랫말을 10여 편 정도 드렸는데 처음으로 내 가사에 곡을 붙인 것이 가수 조서희의 〈어디로 가나〉라는 노래다.

40년이 지난 지금 가사를 다시 보니, 젊은 시절 풋풋하고 슬픔이 묻어 있는 노랫말이라 한 자 한 자 단어들을 꺼내어 꺼안아주게 된다. 조서희는 당시 MBC 〈쇼 2000〉이란 프로그램의 MC를 맡을 정도로 미모가 빼어난 가수였다. 제법 노래가 알려지고 나서 2집 앨범에도 여러 편의 노랫말을 써주었는데 그 이듬해부턴가 갑자기 연락이 끊어지고 말았다. 그녀가 어디에 사는지, 어떻게 지내는지, 〈어디로 가나〉의 노랫말처럼 알 수는 없지만 다시 보고 싶은 가수다.

최종혁 작곡, 조서희 노래, 1981년

참 좋은 사람

눈에 넣어도 아프지 않을
그런 사람이 내 안에 있어
짙은 눈썹에 빨려들 듯한
나지막한 목소리

좋아한다고 사랑한다고
말해버리면 멀어질까 봐
친구 아니면 오빠로만 해
거짓말에 눈물이

사랑한다면 사랑해줘요
난 이미 다 준비가 되어 있잖아
아무 조건도 필요치 않아
내 마음이 이렇게 가고 있는데

바보 여자와 바보 남자가
참 좋은 사람 앞에다 두고
가슴 태우며 못다 한 그 말
너를 너무 사랑해

그래 나도 사랑해

어느 날 택시를 타고 이동하던 중 라디오에서 흘러나오는 노래를 듣다가 '이 가수 누구지?'라고 생각할 정도로 청아하고 매력적인 목소리를 만났다. 노래 주인공인 가수를 수소문 끝에 만나게 되었다. 그녀는 제주도 출신의 포크 싱어 김희진이었다. 학창 시절부터 송창식, 김민기 등 포크송 가수에 심취하여 작사가의 길을 걷게 되었기에 유난히 반가웠고 그 목소리에 노랫말을 얹고 싶었다. 그러나 작업은 생각처럼 쉽지 않았다. 마음에 드는 곡을 찾지 못해 고민하다가 〈내 사랑 내 곁에〉의 작곡가 오태호의 곡을 받아 취입한 노랫말이다.

최근 트로트가 인기를 얻으면서 이 시대 대중들이 좋아하는 노래로 확대 재생산되고 있다. 김희진의 이 노래 역시 어쩌면 포크 트로트란 이름으로 칭해도 무리가 아닐 듯싶다. 현재 김희진의 노래는 특정 팬뿐 아니라 대중의 사랑을 받는 노래로 넓고 깊게 울려 퍼지고 있다.

오태호 작곡, 김희진 노래, 2014년

지나간 시절의 연가

슬픔이 지나간 자리에
나 홀로 쓸쓸히 서 있네
지금은 너무도 아련한
수많은 얘기들

사랑이 눈처럼 쌓일 때
난 정말 외로움 몰랐네
세월이 데려간 사랑은
그 어디에 있을까

잃어버린 날을 그날을
내게 다시 돌려준다면
그대 부르던
슬픈 노래는 없으리라

저 바람도 나를 아는가
우리들의 사랑 노래를
이젠 가야지
발길 닿는 곳으로

1982년 전영록의 종이학 앨범에 수록된 노래다. 이 노래로 당시 MBC 국제 가요제에 출전하여 금상과 빌보드상을 받는 영예를 누릴 수 있었다. 세종문화회관에서 성대하게 거행된 그날의 기억이 아직도 뚜렷하게 떠오르는 까닭은 그날 낮에 시작한 리허설 때문이다.

최고의 아나운서 차인태의 사회로 진행되는 리허설에서 곡명을 소개할 때 '작곡 이범희'라고만 소개되는 것이 아닌가. 리허설 후 전영록이 차인태의 대기실을 찾아가 이 노래의 작사인 이건우의 이름도 꼭 소개해야 한다고 어필하였다. 마침내 '이건우 작사, 이범희 작곡'이라고 생중계 방송에서 당당히 알릴 수 있었다. 어린 작사가였던 나를 하나에서 열까지 알뜰히 챙겨주던 전영록의 따뜻한 마음은 평생 잊을 수 없을 것이다.

얼마 전 KBS 〈아침마당〉에 나갔을 때 그에 대한 고마움을 전하면서 이렇게 말했다.

"3월 26일이 전영록 형님의 생일인데요, 그날이 제 마음속의 국경일입니다."

이범희 작곡, 전영록 노래, 1982년

마지막 포옹

차가운 가로등 밑에서
그대를 보내는 나
움츠린 당신의 어깨에
눈물을 떨구었지

이렇게 헤어질 수 없어요
너무나 사랑했기에

당신이 내 인생의
마지막 주인이 아니셨나요

아픔만 더해줄 뿐
행복할 수 없는 사랑

이제 다시는
이제 다시는
사랑하지 않으리

1982년 〈멍에〉의 열풍으로 김수희라는 대형 가수의 등장에 모두가 환호하던 시절이었다. 빅 히트 뒤에 나올 후속곡을 만든다는 건 어느 작사가에게나 부담과 기대가 큰 작업이 아닐 수 없다. 1983년 어느 날 악보와 테이프를 들고 김수희의 매니저 박웅을 만나 이 노래를 들려주었다. 노래를 들어본 매니저의 반응이 나쁘지 않았다. 당시 스물세 살이었던 나는 당돌하게도 타이틀이 아니라면 이 노래를 음반에 넣지 말아달라고 간곡하게 부탁했다.

그만큼 애정이 가는 작품이니 꼭 타이틀로 해달라는 뜻이었다. 원한 대로 이 노래는 김수희 2집의 타이틀곡이 되었고 반응도 좋았지만, 김수희의 개인적인 일로 노래를 더 들을 수 없게 되었다.

지금도 젊은 날 내가 만든 노래 중에서 이보다 더 애정이 가는 노랫말이 몇 편이나 있을까 생각하며 가끔 꺼내어 듣곤 한다.

김지환 작곡, 김수희 노래, 1983년

마지막 연인

나만이 간직하고 싶기에
이름을 밝힌 적도 없었지요
기억의 문을 열고 들어와
내 앞에 서 있는 그대

얼어붙은 내 마음에
미소가 번질 때마다
그대가 내 눈에 보여요

꿈인 줄 알고 있지만
그 품에 안기고 싶어
이렇게 가슴이 시려오는데

어디에 있나요
돌아와 줄 수 없나요
내 모습 이렇게도 야위어 가는데

지금은 어디서
나 없이 행복하나요
내 인생의

마지막 내 사랑이여

1999년 가수 김범룡과 한창 어울리며 작업하던 시절 한혜진 4집에 실린 노래다. 지금도 마찬가지지만 작사가와 작곡가가 가수에게 작품을 줄 때는 어느 매니저와 함께 일하는지가 중요하다. 홍보를 잘해서 든든하게 지원할 수 있는 매니저가 있는 가수를 선호하는 것이 당연한지도 모른다.

한혜진은 당시 최고의 매니저와 일하였기에 발표 당시 김범룡과 나의 기대는 어느 때보다 높을 수밖에 없었다. 그러나 앨범이 나온 후 어찌 된 일인지 한혜진과 매니저가 헤어지는 바람에 거의 방송에서 들어볼 수 없는 비운의 노래가 되고 말았다.

그래도 좋은 노래는 생명력이 질긴가 보다. 가끔 카페나 노래방에서 익숙한 노래가 들려온다. '이게 무슨 노래더라? 분명 내가 만든 노랜데…. 아 맞다, 한혜진의 〈마지막 연인〉이구나.' 노래가 끝날 때까지 내 발걸음은 노래에 머문다.

김범룡 작곡, 한혜진 노래, 1999년

슬픔은 사라지고

저 쏟아지는 불빛
이 도시 어느 하늘 아래
우리 두 마음은 흠뻑
또 오늘 밤도 젖어 있네

오늘 밤 젊음을 함께 느껴봐요
그대여 사랑을 함께 느껴봐요
사랑을

그대를 바라보면
내 모든 슬픔 사라지고
그대가 곁에 있어
이 거리 모두 아름다워

그대여 사랑을 함께 느껴봐요
그대여 사랑을 함께 느껴봐요
사랑을

시간이 깊어갈수록 사랑은 더해가고
사랑이 깊어갈수록 이 밤은 아름다워

도시의 이 밤

그대여
우린 사랑해
그대여
우리는 영원한 젊음

○

작사가와 작곡가가 제일 신경 쓰는 일이 편곡이다. 좋은
노래에 잘 디자인한 옷을 입히는 작업이 편곡이라 생각한
다. 가요에서 편곡이 차지하는 비중은 상상 그 이상이라
할 수 있다.

1980년대와 90년대 우리나라 대중가요를 이끈 편곡의
양대 산맥, 이호준과 김명곤이 있었다. 세련되고 창의적인
편곡으로 우리 가요의 질을 한층 업그레이드시킨 분들이
었다. 그 뒤를 이어 유영선이라는 걸출한 스타가 등장하여
많은 작업을 함께 했다.

수와진의 〈파초〉, 김혜림의 〈디디디〉, 소방차의 〈통화 중〉
이 모두 내 작사에 유영선 작·편곡이다. 편곡의 신이라 해
도 과언이 아닐 정도인 그가 유일하게 한 장의 음반을 발
표했고 거기에 수록된 곡이 바로 〈슬픔은 사라지고〉라는
노래다. 1989년 발표한 이 노래는 지금도 가요 관계자들이
불후의 명반으로 꼽기에 주저함이 없는 앨범이다. 그 어떤
노래보다 편곡의 위대함이 돋보이는 작품이기에….

유영선 작곡, 유영선과 커넥션 노래, 1989년

우는 아인 바보야

찬바람에 낙엽은 지고
달빛마저 외로운데
고개 숙인 핼쑥한 너의 뺨 위로
눈물이 눈물이

우는 아인 바보야
우는 아인 바보야
우린 이제 어차피 헤어져야 해

우린 같이 갈 수 없지만
서로 사랑하고 있잖아

이젠 내 가슴에
가만히 얼굴을 묻고
그냥 이대로 아무 말 말아요

안녕이란 말은 난 싫어요

그냥 이대로 아무 말 말아요

〈밤에 떠난 여인〉으로 큰 히트를 기록한 감성의 가수 하남석이 1983년에 발표한 노래다. 학창 시절부터 포크 음악에 심취하여 앨범을 사 모았던 터라 자연스럽게 하남석의 팬이 되었다. 팬으로서 좋아하던 뮤지션을 작사가로서 만나니 더욱 가슴이 벅찼다. 뿐만 아니라 하남석에게서 정식으로 작품 의뢰를 받았기에 더욱 기뻤다.

당시 스물세 살의 나이에 〈종이학〉〈논개〉를 히트시키며 작사가로서 이름을 알리기 시작할 무렵이라 많은 제작자의 주목을 받을 수 있었다.

이 노래는 1984년 대표적인 슬로우 히트곡으로 자리매김하더니 드디어 KBS 〈가요톱텐〉에서 1위의 영예에 올랐다. 작사가로서 작품도 당연히 좋아야 하지만 좋은 가수를 만나야 히트할 수 있다는 것을 깨닫게 해준 노래이기도 하다.

하남석 작곡, 하남석 노래, 1983년

타이틀

사랑의 페이지를
열어보니까
제목이 이별이라
읽을 수가 없네요
자 이제 타이틀을
바꾸어봐요

세상에 이별이란
말을 지우면
누구나 행복해질
자격이 있어
아무렇지 않은 말도
골라 해야 멋있어

사랑해 그 한 마디
해도 해도 기분 좋은 말
사랑해 그 한 마디
오늘은 당신에게
꼭 해주기를

인생의 페이지를
열어보니까
제목이 시련이라
더 갈 수가 없네요
자 이제 타이틀을
바꾸어봐요

세상에 시련이란
말을 지우면
누구나 행복해질
자격이 있어
사는 것이 힘들어도
마음먹기에 달렸어

사랑해 그 한 마디
해도 해도 기분 좋은 말

사랑해 그 한 마디
오늘은 당신에게
꼭 해주길

작사가로 데뷔하기 전에는 작곡이 먼저 나온 작품인지, 작사가 먼저 나온 작품인지 궁금한 곡들이 많았다. 신인 작사가 시절에는 100여 편의 가사를 써놓고 한 편씩 작곡가들에게 보여주었다. 히트곡을 낸 뒤에는 작사를 먼저 하는 경우보다 작곡가가 건네준 멜로디에 작사를 붙이는 경우가 많아졌다.

1990년 이후 발표한 노래 중 90퍼센트가 작곡이 먼저 나온 작품이다. 2014년 김연자가 부른 이 노래 역시 작곡이 먼저였다. 이 곡은 일본의 유명 작곡가 도쿠히사 고이치가 작곡했는데, 일본 작곡가와는 처음 하는 작업이기에 더 신경이 쓰였다. 작곡가가 일본 사람이라 작사를 번역해서 봤을 때 마음에 들 것인가도 궁금했다. 녹음이 끝나고 노래 가사가 작곡가의 마음에 쏙 들었다는 얘기를 듣고 나서야 안심할 수 있었다.

외국 작곡가의 작품이 아이돌 가수한테는 어울릴지 몰라도, 트로트만큼은 외국 작곡가가 넘을 수 없는 영역이라 생각한다. 외국인 대상의 가요 프로그램인 E채널 〈탑골 랩소디〉라는 프로그램의 패널을 하면서 이제 K-POP에 이어 K-트로트 역시 전 세계 사람들이 좋아하고 즐겨 부르는 날이 멀지 않았음을 확신하게 되었다. 우리 것이 역시 좋은 것이여.

도쿠히사 고이치 작곡, 김연자 노래, 2013년

사랑 너 때문에

사랑하고 있어
내 심장까지 주고 싶은 너기에
한 방울 터뜨린
내 눈물조차 너의 것인데

이젠 미련 없이 떠나려고 해
더 억지로는 안 될 사랑이기에

내 빈자리 다 채워줄 너를 믿었는데
왜 연락 한번 못했던 거야

사랑 너 때문에 울어야 했어
사랑 너 때문에 웃기도 했지

돌아와
나 너 없이 더는 살 수 없어
다시 사랑할 수밖에 없는 너

다시 사랑할 수밖에 없잖아

본의 아니게 바쁘다는 핑계로 과거의 은혜를 잊고 살던 2017년 어느 날, 전영록을 만나 이런저런 얘기를 나눈 끝에 신곡을 발표하자고 제안했다. 작곡은 역시 40여 년 동안 붙어 지낸 김지환이 맡았다. 이 노래가 KBS2 〈그 여자의 바다〉라는 드라마의 OST에 선곡될 수 있었던 것도 김지환의 공이었다.

그러나 기대와는 달리 노래는 드라마에 몇 번 나오지 않았다. 너무 아쉬운 나머지 내가 직접 CD를 들고 방송국을 드나들며 홍보에 열을 올렸던 기억이 난다. 작사가가 본인이 만든 노래를 다시 꺼내어 듣는 경우가 흔하지는 않은데 이 노래는 만들고 나서 지금까지 제일 많이 들은 노래가 아닌가 싶다.

언젠가 이 노래가 전영록의 또 하나의 대표곡이 되기를 간절히 소원해본다.

김지환 작곡, 전영록 노래, 2017년

사나이 가는 길

세상에 처음 태어났을 때
가진 것 없었어
그 어느새 자라서
꿈을 알아버렸지

너 없인 정말 못살겠다
아파한 적 많았지만
힘들어도 기다려
좋은 날이 올 거야

어차피 인생이란
모 아니면 도
사나이 약속 죽는 날까지
지키며 살리라

슬퍼서 우는 사람은 이류
이 악물고 견디는 사람 일류

의리의 남자다
사나이의 길을 간다

가수 김흥국이 데뷔하고 〈호랑나비〉라는 큰 히트곡을 낸 뒤로 줄곧 친하게 지내며 여러 앨범의 노랫말을 써주는 사이가 되었다. 신촌뮤직 장고웅 대표와 정상기획 이용호 대표를 만나던 시절에도 김흥국과 함께하며 오랜 세월 많은 작품을 써주었다.

〈가자! 월드컵으로〉〈흔들흔들〉〈레게파티〉〈으아~〉등 생각나는 그의 노래가 많지만 히트한 노래는 한 곡도 없다. 그러나 2008년 발표한 〈사나이 가는 길〉만큼은 내 마음속 명곡으로 꼽고 싶을 정도로 애착이 가는 작품이다. 친한 친구들과 노래방에 가면 누군가가 꼭 이 노래를 부르거나 내가 직접 이 노래를 불러 흥을 돋우곤 한다.

최근 나도 방송에 자주 출연하며 나름 재미있다는 말을 듣지만 흥궈신('흥국+예능신'을 재미있게 부르는 단어) 김흥국을 생각하면 아직 먼 얘기가 아닌가 싶다. "흥궈신님! 예능은 어떻게 하는 거예요?"

정의성 작곡, 김흥국 노래, 2008년

업고 업고(Up Go Up Go)

사랑 사랑해
나도 당신을 사랑해

좋아 좋아해
나도 당신이 너무 좋아

꿈결 같은 세상
단 하나의 인연
어디선가 나를
기다리고 있다고 느껴질 때

바로 앞에 있는
바로 옆에 있는
우리 둘이 둘이
사랑하고 싶다는 감이 올 때

이젠 더 이상 아무것도 문제없어
꼭 이뤄질 수 있는 꿈이잖아
사랑한다고 말해도 좋은 시간

우리 Up Go Up Go
놀아봐
서로 같은 이 기분을 느껴봐

한 번 왔다 가는 인생
스스로를 옭아맬 수 없는 거야

우리 Up Go Up Go
놀아봐 즐겨봐
설레는 밤이잖아

이 세상을 다
내 품에 안고

사랑 사랑해
나도 당신을 사랑해

좋아 좋아해
나도 당신이 너무 좋아

1980년대부터 정수라라는 가수의 목소리에 반해서 언젠가 같이 일해보고 싶다는 열망이 가득했다. 하지만 그녀 곁에는 언제나 최고의 작사가 박건호가 있었기에 감히 다가설 수 없는 가수였다.

〈난 너에게〉〈아버지의 의자〉〈아! 대한민국〉〈환희〉 등 정수라의 노래를 히트시킨 장본인이 바로 박건호 작사가였다. 그러나 세월의 흐름을 누가 막겠는가. 2007년 박건호 작사가가 돌아가시자 정수라도 여러 작사가의 노래를 부르게 된다.

늦게나마 2018년 정수라에게 최초로 주게 된 노랫말이 〈업고 업고〉다. 〈춘향가〉의 사랑가에 나오는 '이리 오너라 업고 놀자'에서 '업고 업고'라는 제목을 붙였다. 기분을 한층 더 상승시켜보자는 의미에서 '업고 업고'에 'Up Go Up Go'를 덧붙인 제목이다. 어느 날 함께 식사하는 자리에서 정수라가 선한 눈을 반짝이며 이야기했다.

"목소리가 허락하는 한 계속해서 좋은 노래를 내 인생에 남겨놓고 싶어요."

씨유미스터 작곡, 정수라 노래, 2018년

십 년만 젊었어도

십 년만 젊었어도
십 년만 젊었어도
너는 너는
내 남자였다

자꾸자꾸 눈길이 간다
꽃미남은 절대 아닌데
나이를 잊고 두근거리는
내 마음을 어쩔 수 없네

연하의 남자
상상도 못했던 그 사랑이
너일 줄이야

십 년만 젊었어도
십 년만 젊었어도
너는 너는
내 남자였다

내 청춘이 빛나던 시절

매일 다른 장미 꽃다발
그때는 정말 내 평생에는
이 나이가 안 올 줄 알았다

연하의 남자
끝난 줄 알았던 그 사랑이
너일 줄이야

십 년만 젊었어도
십 년만 젊었어도
너는 너는
내 남자였다

어느 날 예종엔터테인먼트에서 1호 가수를 선발하자는 제의를 받고 오디션을 열었다. 100세 시대에 맞춘 4인조 여성 그룹을 만들기로 했다. 네 명의 합이 무려 200살. 6개월의 연습 끝에 〈내 나이가 어때서〉를 만든 히트 작곡가 정기수에게 작곡을 의뢰해 탄생한 노래다. 예전에는 〈동백 아가씨〉 〈섬마을 선생님〉 등 여성을 위한 노래가 많았는데 최근에는 여성을 위한 노래를 찾아보기가 드물다. 그래서 만든 노래가 〈십 년만 젊었어도〉다. 김순겸, 임수현, 임소정, 박선희, 네 명으로 구성된 '레이디돌'의 노래가 빅 히트 되어 전국 방방곡곡 울려 퍼질 날을 손꼽아 기다린다.

정기수 작곡, 레이디돌 노래, 2020년

개코같은 남자

개코같은 남자
개코같은 남자
그게 바로 나였다
그래도 언제나 당신이 넘버원

당신은 내가 입만 열면 개코같다 하지
하지만 내게 당신은 백옥 같은 여자야

흰 드레스 못 입혀주고
흰소리를 해대지만
내 마음을 내 마음을
당신은 알 거야

앞만 보고 달려왔던 개코같은 남자
믿어봐 오늘부터 확 달라질 거야

오 옥자씨
내 사랑 옥자씨

이 사람아 이 사람아

당신만을 사랑해

개코같은 남자
개코같은 남자
그게 바로 나였다
그래도 언제나 당신이 넘버원

당신을 바라볼 때마다 심쿵할 때 많아
하지만 나도 나대로 잘해보려 그랬어

바람막이 돼주지 못한 한평생을 살았지만
든든하고 믿음직한 자식들 있잖아

앞만 보고 달려왔던 개코같은 남자
믿어봐 오늘부터 확 달라질 거야

오 옥자씨
내 사랑 옥자씨

이 사람아 이 사람아
당신만을 사랑해

옥자씨

2020년 KBS2 〈살림남〉이라는 예능 프로그램에서 김승현 부자의 좌충우돌 트로트 도전기를 작곡가 박현우, 편곡가 정경천과 같이 촬영하게 되었다. 김승현은 노래를 곧잘 불렀지만 문제는 그의 아버지였다. 그래서 노래 레슨도 받으며 피나는 훈련을 한 끝에 탄생한 노래다.

　광산 김씨에 대단한 자부심을 가진 김승현의 아버지는 듀엣 이름도 '금수광산'으로 지었다. 가요계의 부자 트로트 1호 가수가 된 것이다. 노랫말을 쓰기 전 김승현의 어머니, 아버지가 겪은 인생과 사랑 이야기를 들으며 그분들의 삶과 희망을 노랫말에 녹이려고 애썼다. 1,000여 곡 넘게 작사를 했지만 가장 신기한 제목을 꼽으라면 이 노래라고 확신한다. '개코같은 남자. 개코같은 남자. 그게 바로 나였다.' 평생 기억에 남을 노랫말이 아닐 수 없다.

박현우 작곡, 금수광산 노래, 2020년

만남에서 헤어짐까지

사랑이란 바보처럼
그렇게 잠시 머물다 가는 것
우린 서로 약속처럼
사랑을 얻고 잃었어요

나지막이 들려오는
그대와 나의 못다 한 얘기들
멀어져간 그날 밤이
말할 수 없이 슬퍼져요

불빛 같은 추억들을 이대로 남긴 채
그대 잊어야 하나

여기 떨어져가는 나의 꿈을
그 어느 누가 알아줄까

나 지금도
잊지 못해 잊지 못해
만남에서 헤어짐까지

이제는 행복을 빌어요

빌어요

1982년 전영록의 종이학 앨범에 실린 노래다. 이 앨범에
들어 있는 〈종이학〉 〈꼬꼬〉 〈지나간 시절의 연가〉 〈그대 뺨
에 흐르는 눈물〉, 무려 다섯 곡이 히트했다.

치열하게 작품을 쓰던 스물세 살 젊은 날의 자서전 같은
노랫말이기도 하다. 전영록 형과 거의 40여 년 인연을 이
어오면서 만남이라는 단어만 있었을 뿐 헤어짐이란 단어
는 우리 사이에 존재하지 않았다. 앞으로도 그럴 것이다.
하늘이 내 이름을 부르는 그날까지.

이범희 작곡, 전영록 노래, 1982년

에필로그

천 개의 별이 쏟아진다.

그중에 유난히 빛나는 별 하나가
내 가슴에 맺힌다.

그의 감성적인 언어가 짜릿한 느낌으로 움직이는 색채로 다가온다

이건우가 쓴 노랫말의 곡을 열심히 전파로 옮겼던 MBC 라디오의 신권철 프로듀서는 한때 그의 가사에 대해 이렇게 말한 적이 있다.

"세련미가 넘치거나 현학적이라거나 이런 것은 아닌데 무조건 우리들의 공감을 불러일으킨다. 기분, 느낌, 잠깐의 상상 등 생활 속의 사소한 것들이 이 사람 손을 거치면 작품이 된다고나 할까."

거창한 어휘의 전개가 아니라 늘 우리가 쓰고 부딪치는 지극히 감성적인 언어라는 것이다. 그는 이건우의 노랫말이 오랫동안 히트할 수 있는 비결이 여기에 있다고 정리한다.

같은 방송국의 조정선 프로듀서도 이건우의 언어 세계를 '현실 밀착형 감수성'이라고 정의했다. 고매한 서적에 있는 문학적 언어가 아니라 우리가 겪고 있는 삶에서 고른 '대중 언어'라는 설명이다. 이렇게 표현하니 얼핏 평범할 것 같지만 그럼에도 불구하고 이건우의 가사는 의아하며 의아하다 못해 경이롭다.

작사가로서 그의 이름을 만천하에 알린 1982년 전영록의 스매시 히트곡 〈종이학〉이 한창 라디오와 TV를 잠식하고 있을 때 음악 팬들은 '천 번을 접어야만 학이 되는 사연을／나에게 전해주며 울먹이던 너…' 하는 가사에 모두들 그랬다. 분명 여성이 쓴 가사라고. (여성이라고 다 이런 감성을 소유한 건 아닐 텐데 말이다. 나중 알고는 다들 충격을 받았다.)

실제로 한참 뒤 2002년 가수 왁스가 부른 〈여정〉이란 곡을 우연히 버스 안에서 들었을 때도 화들짝 놀랐다. '보고 싶어 너무 보고 싶어 // 내 사랑이 다 식기 전에 (…) 이것만은 꼭 기억해야 해／가려거든／오지 마' 이 부분을 듣고 여성이 쓴 노랫말일 거라고 확신했다. 작사가 이름이 이건우라는 걸 알고도 혼자 중얼거렸던 기억이 난다. '이건우는 진짜 여자가 맞아!'

음악 관계자들이 이건우를 감수성이란 언어와 직결시키는 이유가 이것 아닐까. 마치 여리고 섬세한 감성의 여인이 쓴 것 같은 느낌. 하지만 그만의 이런 '여성 감성'은 놀라움의 한 조각에 불과하다. '도대체 어떻게 이런 가사가 머릿속에서 나온 걸까.' 이건우를 규정하는 첫 번째 언어가 감수성이라면 그다음은 다름 아닌 놀라움이다.

'나 이제 알아 혼자 된 기분을／그건 착각이었어／느낄 수 있니 사랑의 시작은／외로움의 끝인걸'(룰라, 〈날개 잃은 천사〉)

'이 밤이 다시 오진 않아／우연은 만들어낸 애기／온몸이 전율하는 순간／넌 이미 내 세계에 있잖아／／달아나지 마／더는 갈 데가 없어／나의 사랑으로만 널 풀 수 있어 ／／오늘 밤 너와 난 단둘이서 Party Party'(DJ DOC, 〈미녀와 야수〉)

'저 푸른 바다 밑 파란 물결 속에 떠다니는 외로움／누가 날 불러 여기까지 왔는지／더 이상 나도 날 사랑할 수조차 없다는 걸 아는데／뒤에서 나를 부르는 건 누구야'(디바, 〈왜 불러〉)

분명 평범한 언어들인데 그의 선택과 배열이 거들면 전혀 다른 울림의 세계가 우리 앞에 펼쳐진다. 짜릿한 느낌으로, 움직이는 색채로, 감각신경의 진동으로 연쇄 확장한다. 우리는 그만 '압도'당한다. 우리가 미처 깨닫지 못한 미미한 감정의 징조를 포착해 우리를 저 깊숙한 감동으로 끌어대는 그 고감도(高感度)를 보면 그는 이의를 제기할 수 없는 위대한 예술가다. '도대체 이걸 어떻게 생각해낸 거야?!'

이고르 스트라빈스키가 시대의 명작 〈봄의 제전〉을 두고 "그것은 내가 쓴 것이 아니라 무언가가 내려와 쓰게 했다." 고 말한 게 갑작스레 떠오른다. 가끔 이건우의 가사를 듣다

보면 그가 쓴 게 아니라 그를 둘러싼 무언가가 그를 홀려 영감으로 이끈 것은 아닌가 하는 생각이 들 정도다. 조정선 피디는 이렇게 풀이한다.

"그는 고독한 존재가 아니라 사람들하고 어울리고 따짐 없이 교류하는 스타일이다. 그는 현실에 꼭 붙어 있고 앞으로도 붙어 있을 것이다. 질퍽한 삶을 충실하게 살아오면서 '자기도 모르게 붙은' 내공이 노랫말로 발현된 것으로 본다."

그사이 작사의 신이 내려와 그를 또 하나 작사의 신으로 복제해놓은 것 아닐까. ('작사의 신'은 그의 별명이다.)

언어를 조탁하는 데 얼마나 고통을 겪었을까. 하나의 적합한 말을 찾지 못해서 얼마나 스스로 한탄했을까 충분히 짐작되지만 막상 그 산물을 접하는 우리는 우리가 모르는 가상의 영물(靈物)이 이건우를 통해 그 언어들을 조합, 배치해 풀어놓았을 것이라는 (당치 않은!) 인식을 해버린다.

창작의 주체는 말할 것도 없이 이건우다. 이건우의 이 책 《아모르파티》는 바로 그러한 가끔의 환각을 벗기고 어떻게 그 가사를 쓰게 됐는지 실제 연유와 경위 그리고 뒷얘기를 담고 있다는 점에서 별도의 의미가 똬리를 튼다. 곡마다의 사연을 보면서 작사가의 부단한 관찰과 포착의 노력, 다양한 경험에 대한 열린 자세, 감정의 편린들에 대한 성실한 기억 그리고 지극히 인간적인 따뜻한 마음을 확인한다.

책에는 타자의 상황에 느낌이 작용하고 감동해서 썼다는 가사들이 이곳저곳 많이 산재한다. 그런 점에서 이건우는 먼저 (자신이) '감동하는 인간'이다. 자신의 느낌을 소박하게 전하면서 우리를 감동의 세계로 부르는 것이다. 어쩌면 그의 스타덤은 이 순수한 과정의 경제학이다.

다시 놀라움으로 돌아가서 그에 대한 놀라움은 작품의 경이에 그치지 않는다. 앞에 소개한 세 노래의 가사는 모두 1990년대 곡들이다. 디바의 〈왜 불러〉가 1998년 노래임을 상기하고 1982년 전영록의 〈종이학〉과 따지면 16년의 시차가 난다. 16년 동안 '쉼 없이' 히트작들을 내놓았다는 것은 슬럼프가 존재하지 않았다는 것이고 따라서 그것만으로 충분히 '인기 롱런'이라고 할 수 있다.

하지만 이건우는 2000년대에도, 2010년대에도 우리가 흥얼거리는 노랫말을 잇달아 발표하는 금자탑을 쌓았다. 2000년 주현미의 〈러브레터〉, 2001년 태진아의 〈사랑은 아무나 하나〉, 2002년 왁스의 〈여정〉, 2013년 김연자의 〈아모르파티〉와 2019년 송가인의 〈가인이어라〉 등. 2000년대에는 본인의 표현대로 고민과 방황 아래 장르의 폭을 확대했고 2010년대에는 트로트에 집중하는 양상을 보였다. (포크, 발라드, 컨트리, 댄스, 트로트 등 장르를 망라한 것도 그의 중요한 음악 이력 중 하나다.)

작사 40년의 인생에서 그의 특출난 솜씨가 더욱 대중에게 폭넓게 전달된 것은 2013년에 쓴 〈아모르파티〉가 역주행에 성공해 트로트 가수 김연자가 비(非)트로트 공간인 대학가의 축제에 불려갈 정도의 이례적 선풍을 야기했을 때다. 최근 트로트의 인기 폭발은 어쩌면 〈아모르파티〉가 뇌

관을 터뜨렸기 때문이라고 해도 과언은 아니다.

2020년에도 펄펄 살아 있으니 이건우는 작사가로서 40년이 아니라 '인기 작사가로서 40년' 궤적을 그리고 있다. 우리 대중음악사에서 보기 어려운 장기 흥행 성공, 롱 타임 러닝이다. 솔직히 이러기가 힘들다. 권불십년(權不十年)이라는 말이 있듯이 현실 영향력 측면에서 대부분은 10년을 넘기지 못하는데 자그마치 40년 동안 존재감을 지켰다는 것은 특례를 넘어 기적이 아닐 수 없다.

20대 청년 입장에서 60대에 다다른 베테랑 작사가가 쉬지 않고 현재도 맹렬히 움직이고 있다는 사실은 귀감이자 희망적 사례가 될 것이다. 우리 모두의 꿈은 한때 잘나가는 것이 아니라 나이가 들어도 꾸준하게 활동의 생산물을 내놓는 것이다. 이 점에서 전업 작사가를 꿈꾸는 모든 지망생들은 왜 그의 노랫말들이 40년이라는 긴긴 세월을 관통하는 대중소구력을 행사하는지 그 비밀을 냉철하게 분석해야 할 줄로 안다.

그것은 평범함, 솔직함, 아기자기함, 유약함의 감성과 맞물려 있는 바로 그 '대중과의 동행'에 대한 민감함일 것이다. 그의 상대는 언제나 우리 곁의 평범한 사람들이다. 이건우는 〈아모르파티〉의 가사처럼 '가슴이 뛰는 대로 가면 돼!'라는 소박하고 단출하고 바른 대중의 심성에 봉사한다. 그리고 서양 속담대로 '대중은 최상의 재판관'(The public is the best judge)이란 사실을 마음속 깊이 신뢰한다.

그는 지성 아닌 요즘 말로 '갬성'을, 사회적 능력보다는

순진의 힘을, 통찰보다는 유희를, 이성적 숙고보다는 감각
적 파악을 따른다. 그의 접근은 예술적 감성이 중요해지는
시대 속에서 갈수록 빛을 발할 것이다. '고민하고 방황하던
시간이 없다면 거짓말일' 그 험준한 40년을 통과한 위대한
작사 40년을 축하한다. 그리고 정말이지 무지 부럽다.

음악 평론가

임진모

아모르파티

작사가 이건우의 마음 작품집

1판 1쇄 펴낸 날 2020년 9월 10일

지은이　이건우
기　획　안수현, 고우리
주　간　안정희
편　집　윤대호, 채선희, 이승미, 윤성하, 이상현
디자인　김수혜, 이가영
마케팅　함정윤, 김희진

펴낸이　박윤태
펴낸곳　보누스
등　록　2001년 8월 17일 제313-2002-179호
주　소　서울시 마포구 동교로12안길 31 보누스 4층
전　화　02-333-3114
팩　스　02-3143-3254
이메일　bonus@bonusbook.co.kr

ⓒ 2020, 이건우

ISBN　978-89-6494-452-3　03810